La revanche des malinois

Patrick Bedier

La revanche des malinois

Roman

Éditions Le Manuscrit

www.manuscrit.com

ISBN : 2-7481-9874-3 (livre imprimé)
ISBN 13 : 9782748198744 (livre imprimé)
ISBN : 2-7481-9875-1 (livre numérique)
ISBN 13 : 9782748198751 (livre numérique)

CHAPITRE 1

– Cela n'a été que folie humaine.

– Car la folie des hommes n'est rien d'autre que le fruit d'une alchimie, basée sur le pouvoir tragique de donner la mort et l'insatisfaction légendaire de l'être humain. À partir de là, tout peut venir…

– Pauvre imbécile, qu'est-ce que tu crois prouver ? Le plus fou de nous deux n'est pas celui que l'on croit.

– Fous-moi la paix, César, fous-moi la paix ! ! !

Des filets translucides et sinueux, laissés par les gouttes sur la vitre dans les brefs claquements de leur chute, donnaient à l'éclat du jour des teintes cendrées. Il chuintait sur ce bout de terre ingrate de la Sologne un soubresaut de désespérance.

Max Verducci, grosses lunettes d'écailles sous un regard d'un bleu délavé, épaisse tignasse rousse bouclée, dodelinait de la tête en écoutant la Noire débiter son fatras.

L'expression figée de ce visage terreux n'exprimait rien de bon. Lentement, les yeux fixes, il se massait les tempes, étirant la peau fine dans de larges cercles concentriques jusqu'à la base des oreilles.

La petite chambre de l'hôtel, bordant une Départementale, donnait sur une ruelle crasseuse, bouffée d'herbes folles. Non loin de là, envahissante et secrète, se dressait l'immense forêt primitive de Bruadan, ponctuée çà et là de marécages, reliés entre eux par des petits cours d'eau, venant se jeter dans les bassins de la Loire et du Cher.

La Sologne, pays aux étangs immobiles et aux châteaux millénaires, terre d'élection du *Grand Meaulnes*, région du *Pierrot Lunaire* d'Alain Fournier, du *Rabiolot* de Maurice Genevoix, des oeuvres fantastiques de Claude Signol. La Sologne, située entre Gien et Blois au nord et la vallée du Cher au sud, délimitée à l'Ouest par un confluent de la Loire et s'arrêtant à l'Est par les collines du Sancerrois. La Sologne, enfin, où tout respirait une sorte de morne quiétude que le mauvais temps accentuait, auquel aucun élément étranger et perturbateur ne viendrait mettre le doute avant longtemps.

Par leur arrivée subite, sans bagage et ayant pour seuls vêtements ceux qu'ils portaient, il semblait que rien ne saurait rompre l'harmonie subtile d'un lieu retiré du temps.

Dans le picorement incessant de la pluie, le doux ronronnement du radiateur chauffant le papier peint décollé et les bruits discrets que faisait la fille dans la pièce voisine, l'homme resta un long moment inerte à ruminer sa folie.

La petite voix dans sa tête, pernicieuse, harcelante, le happait littéralement dans le tourbillon trouble de ses idées défaites.

– Ne te laisse pas embobiner. Elle va t'avoir à l'usure.

– Mais qu'est-ce que tu fous avec elle ?

L'omniprésence de ces pensées incontrôlables le poussait à parlementer avec ce qu'il croyait être sa conscience, ou pour le moins, un esprit dissocié du sien.

– Qu'il appelât « César »… Le moins incidemment du monde.

– Ils voulaient me faire la peau. Qu'est-ce que tu crois ? C'est pour cette raison que je suis parti avec Blanche Neige

– Et Vic, elle est où, Vic ? T'es tellement con que tu l'as laissée filer…

– C'est grâce à elle que je suis encore vivant.

– Tu me fais salement rigoler.

– Je te jure, César. C'est Key qui m'a prévenu. Key et… Vic. Sans elles, la « Bande des Crotales » me faisait la peau, sévère.

– Alors, raconte-moi comment cela s'est passé, allez vas-y ! ! !

– Me brusque pas comme ça… En fait… je n'arrive pas à tout me rappeler. Il y a des trous… des vides…

Une chose lui paraissait certaine. Il lui fallait rompre les voiles denses encombrant son cerveau, se débarrasser de cet agacement dont il avait du mal à s'extraire.

Mais ses résolutions restaient lettre morte depuis qu'il avait connu Keyza.

Leur première rencontre remontait à… Non, il n'aurait su le dire. Depuis l'accident, tout était embrouillé dans son esprit.

Il sursauta lorsqu'elle réapparut.

Les cheveux tressés, encore humides, de grands yeux aux paupières à demi tombantes, le corps fin et élancé, sculpté par un artiste hédoniste, la poitrine avenante sous le tissu scintillant, la jeune et belle Africaine respirait cette ambivalence singulière de la gazelle en danger, comme ces céphalophes que son oncle braconnier chassait en Haute Casamance pour les riches Européens. Il semblait que de ce corps sensuel et troublant ne viendraient que des choses mystérieuses et tentantes auxquelles Max avait su profiter en d'autres lieux.

Il n'était pas sûr. Il l'espérait.

Parce qu'elle vaut sacrément le détour.

Même s'il savait que le charme de l'Afrique ne serait pour lui qu'un artifice supplémentaire d'où il n'y aurait rien à tirer de bon, quelle rencontre fabuleuse que cette « fée » qui se disait princesse d'un ancien royaume du Sénégal, née de sorciers vaudous dans les entrailles d'un château des rois mandingues, dans la région de Kolda au Sénégal, et qu'il imaginerait mieux sur les bitumes de Paname à tapiner pour lui…

Princesse ? Pourquoi pas ? D'aucuns revendiquaient des titres de comte ou de baron qu'ils ne possédaient plus et s'en réclamaient avec la suffisance hautaine de leur classe, bien plus que cette discrète exilée des côtes de Saint-Louis, égarée dans un petit hôtel minable de Sologne avec un amant bien peu recommandable.

Elle s'assit près de lui, croisa ses longues jambes galbées, fouilla dans son sac. Elle ne laissait percer aucune autre émotion que la satisfaction immédiate de lui préparer un joint. De son côté, Max en oubliait les cent mille euros de billets en grosse coupure, glissés dans la doublure de sa veste en tweed, et les infortunes tragiques des derniers jours.

Cent mille euros en liasses de billets de cinq cents, fripés, salis, puant la sueur et le foutre.

Mais au-delà de ses interrogations muettes, il préférait de beaucoup l'ouvrage méticuleux de sa compagne.

Il l'embrassa dans le cou, passa une main entre ses cuisses.

– Arrête, faut que je me concentre.

Le briquet claqua. Il aspira une longue bouffée, se renversa sur les draps.

La puissance du neurotoxique l'envahit suffisamment pour ne plus penser au réel, encore moins à ce beau corps souple couleur d'ébène que la fille dénudait dans de petits gestes gracieux. Tant d'images étaient en lui qu'il ne savait plus départager le réel de l'imaginaire, le présent du passé.

Il marqua un temps d'hésitations puis lança :

– Qu'est-ce qu'on fout ici ?

– T'es chiant. On a eu un accident sur la route avec un sanglier. On a eu de la chance de s'en sortir indemne.

– Un accident ?... Je ne me souviens de rien. Où vas-tu ?, demanda-t-il, la bouche pâteuse, les yeux injectés de sang.

– Je vais sous la douche. Envie de me décrasser.

À la fois stimulé par la drogue et légèrement angoissé, il se sentait perdre pied et ne fit rien pour retenir cette belle fille étrange, impudique et souveraine qui disparaissait derrière la porte, sans lui accorder le moindre regard. Sur la patère, pendait son long manteau de laine beige. À terre, sa petite robe de satin rose et son string formaient les plis immobiles d'une flaque de couleurs pastel.

Max entendit le jet jaillir brutalement et un sourire sur les lèvres, imagina dans le long chuintement, l'eau qui ruisselait sur la vaste poitrine orgueilleuse, suivait le chemin du ventre plat, coulait le long des cuisses musclées pour à ses pieds délicats, ornés de fines chaînes d'or, former une flaque savonneuse, irriguée par le flux continuel.

Soudainement euphorique, l'homme se sentit envahi par les distorsions de ses rêveries, transporté par une émotion sexuelle qui à chaque fois, le laissait raide d'une allégresse palpable, s'imaginant des scènes brutales sous une douche avec la fille qui l'avait si promptement quitté. Il voulut la rejoindre, mettre à exécution ses terribles envies, la laisser pantelante et exténuée, gisante et noircie de coups, à terre, comme les autres.

Toutefois, à cet instant, la pièce se mit à se tordre et à se distordre. Les murs bougeaient. Le plafond montait et descendait. Les objets s'étiraient en longueur ou se rétractaient. Des couleurs lumineuses tourbillonnaient dans des farandoles insoutenables. Des sons perçants lui déchiraient les tympans.

Le mégot fumant entre ses doigts, les yeux fixes, Max se laissait entraîner dans une spirale infernale de sensations et de visions, de senteurs indécises qui le prenaient à la gorge.

Une longue route, droite et monotone… Les phares de la voiture trouant la pluie… Un coffre-fort béant… De l'argent sur une table… Beaucoup d'argent, des liasses qui n'en finissaient pas de s'accumuler… Le vrombissement du V6 sous le capot de la Mustang… Un coup violent sur le devant… Une embardée… Des bruits de tôles froissées… Cet arrêt brutal contre le tronc d'un arbre… La pluie coulant dans son cou… Leur arrivée titubante dans un estaminet sordide, perdu en pleine forêt, où l'on ne pouvait rien attendre d'autre que de s'envoyer un godet vite fait…

– Cette chambre est si peu différente des autres, de ces hôtels minables où je descendais avec la « marchandise », le temps d'une étape pour un camion tombé en panne ou une « livraison » retardée. Le même papier mural à fleurs, les rideaux déchirés, le lit suffisamment grand pour faire ce que j'avais à faire… Rien que pour tout ça, je claquerais la porte…

– Comme si tu avais le choix ! ! !

– Je m'en suis bien tiré quand même… Victoria… Key… L'argent…

– Tu oublies le château.

– Le… Quoi ? ? ?

– Le château, imbécile… En Sologne… Et la chasse… La chasse, Max, ça te dit bien quelque chose ? ? ?

Une chasse en Sologne ? Oui bien sûr, une chasse…

Tant d'images étaient en lui qu'il ne savait plus départager le réel de l'imaginaire, le présent du passé.

Seule, la prise quotidienne des 35 mg de Risperdal, un neuroleptique puissant, lui ôtait toutes ses incommodités de l'esprit. Fallait-il encore avoir le souci de suivre les recommandations des psychiatres alors qu'en rien, il ne se décidait à rompre définitivement avec la compagnie malfaisante de cet « Autre »…

– Souviens-toi de cette chasse… De ce château… Ils ont été salauds avec toi. Pas de quartier… Tu t'en es tiré de justesse. Et puis, rappelle-toi de Vic.

Max eut un large sourire édenté. Vic… Victoria… Oui-da, il s'en souvenait et pas qu'un peu…

– Une jolie nana blonde dans une minuscule robe de cuir noir et qui me suçote le lobe de l'oreille, ça ne s'oublie pas…

Ainsi, Vic, la chasse, le château en Sologne… Tout serait donc lié ?

Il n'en était pas sûr.

« César » lui caressait l'espoir de reconstituer le puzzle de sa mémoire défaillante.

Peu à peu, dans l'exaltation de l'effort, cette urgence de l'instant, revinrent les souvenirs, embryons de pensées dont il avait du mal à ranger les tenants et les aboutissants. Surtout ces derniers, corollaires d'une violente débandade de sa compréhension.

CHAPITRE 2

– Tout s'est passé si vite, qu'à peine ai-je eu le temps de me rendre compte dans quel guêpier je m'étais fourré…

– Parle-moi de Victoria.

– Victoria y est pour quelque chose et pas qu'un peu.

– Vas-y, Max, libère-toi… Laisse libre cours à ton raisonnement. Epanche-toi. Je suis le seul à t'entendre. Fais parler ton cœur. Raconte-moi tout.

Vic… Vic, comédienne ratée, audacieuse et sans complexe, vivant d'expédients, à la recherche de petits contrats, de plans « mannequins », de séances photos, au prix de castings humiliants, tu le sais, n'avait de valeur à mes yeux que par le contenu de son compte en banque, les formes pleines de son corsage et sa naïveté ardente.

Nous nous sommes rencontrés au bar du Meurice, une nuit de juin, elle, chassant celui qui lui ferait goûter aux joies du vedettariat et du lucre, tenue sexy, « le coup à se faire », imparable ; moi, ancien reporter, poursuivi pour plagiat et obscénité, devenu petit lascar sans envergure, il faut le dire, n'ayant que pour seule ambition, accrocher à mon palmarès une nana de plus et assurer mon commerce par des trafics plus ou moins inavouables, du genre à décrocher la timbale pour un séjour en Centrale.

Par la force des choses, j'étais devenu livreur en tout genre, des filles de l'Est, fraîchement débarquées d'un aérodrome discret pour les bars à putes de Pigalle… aux drogues plus ou moins dures, en passant par le racket minable dans des banlieues sordides.

Je m'étais présenté producteur. Ça fait toujours de l'effet. Elle m'avait cru… Ou fit semblant de me croire. Tout cela importait peu, après tout.

Je lui promis un contrat en or, dégotai des complices et réalisai un court-métrage assez chaud dont les diffusions pléthoriques dépasseraient de beaucoup les contrées lointaines et dangereuses du « Far-East », cet Eldorado du crime où nous puisons nos ressources.

Ses parents, tous deux directeurs d'entreprises, bourgeois aisés, possédant un château en Sologne et un duplex sur la Riviera, assuraient ses caprices à coups de virements somptueux, sans s'assurer de la destination des sommes. Tout allait pour le mieux.

– En effet…

Cependant, l'idée de m'attacher définitivement la fortune de cette fille qui prenait mes vessies pour des lanternes… Hum… fit son chemin dans mon esprit. Toujours à l'affût de bons coups, après une soirée au Crillon, réglée grâce à la carte de crédit d'un quidam, je décidai de lui demander sa main. Elle accepta.

Elle croyait sans doute s'approprier à elle seule les faveurs lucratives d'un homme d'affaires influent, sans penser qu'elle sombrerait par notre future union dans le maelström de ma déchéance.

– Tu as toujours été beau parleur, un joli merle en perspective.

– C'est vrai qu'une carrière toute tracée de maquereau s'offrit à moi à partir du moment où je réalisai à quel point ma source de séduction passait par mon verbiage et mon insolence. Il faut attendre l'adolescence pour saisir l'importance du moyen et…

– Tu t'égares ! ! !

– Oui, tu as raison.

– Vic me pressait de rencontrer ses parents, les Denville-Beauvais, afin de faire mieux connaissance. Elle serait rentrée entre temps d'une série de prises de vue « hot » pour un magazine masculin, généralement confiné en hauteur sur les rayonnages des libraires. Mais chut, ils ne devaient rien savoir.

– Et ils n'en surent jamais rien…

Tout commença véritablement un samedi, un samedi d'automne. Pas n'importe quel samedi. Celui là même où Andrea Kovaci dit « Dédé-le-Déjanté » tomba dans une souricière et se fit tirer comme un lapin dans une cage à poule de Sarcelles par la « Bande des Crotales ». Le même jour, je vidais intégralement son coffre, - cent mille euros en gros billets usagés-, décousis la doublure de ma veste en tweed et y glissai les liasses, une à une.

Quelle meilleure autre cachette quand on prend la tangente et qu'on ne s'embarrasse que d'une valise ?

J'avais décidé de me payer du bon temps. Personne pour me dire ce que j'avais à faire. Une occasion en or de disparaître dans la France profonde et de me faire oublier.

Tu m'écoutes, César ?

– Je suis tout ouïe, mon ange. Continue ton histoire et je te dirai ce que j'en pense.

Un peu après la Ferté Saint-Aubin, je fis une halte dans un troquet. J'y trouvai une ambiance morne et désuète où le bourdonnement des mouches grasses et le passage des autos sur la Nationale 20, derrière les vitres sales, comblaient un silence, à peine entrecoupé de murmures humains. Les trognes d'individus assoupis me fixèrent sans me voir. Il y régnait une atmosphère lugubre, des marqueteries écornées des murs aux fils des ampoules, entortillés de poussière. Une grosse femme au menton poilu me servit un scotch sans eau.

Sur une table en formica usé, traînait un journal local. J'y jetai un regard rapide, sans vraiment me formaliser sur divers articles alarmants traitant de disparitions non élucidées dans la région. Les autorités suspectaient des noyades accidentelles dans les marécages et les étangs.

Les marais solognots avaient gardé ce « je-ne-sais-quoi » de maléfique, une sombre réputation, entretenue par les contes et les histoires de vieilles femmes. Pendant des siècles, humains et animaux, jusqu'à des villages entiers, avaient été engloutis par la « malnoue », un fleuve obscur et souterrain qui d'après une légende ancestrale, parcourait la Sologne de part en part. Souvent, et jusqu'à aujourd'hui, dans de brusques mouvements d'humeur, elle enflait et faisait déborder les rivières.

La Sologne était ainsi faite, que tant et tant de superstitions hantent les villages les plus reculés, accentuant ainsi l'impression désagréable de se retrouver en une autre époque, tel un espace-temps oublié par l'équilibre de la nature.

Enfin, je me retrouvai sur une route vicinale, truffée de nids-de-poule, sous un sous-bois épais que la pâle luminosité du jour perçait faiblement. L'odeur forte de l'humus me procurait d'incompréhensibles frissons.

Etait-ce cette soudaine fraîcheur… Ou ce sentiment confus que donne l'intuition ? Comment aurai-je pu craindre ce qui m'attendait au détour de cette futaie, telle une bête tapie, prête à s'élancer pour me dévorer ?

Tout à coup, apparut un imposant château médiéval, à la façade Renaissance et dont l'admirable architecture, conservée à travers les siècles, fascinait le regard et enchantait les sens. Au bout d'une longue allée rectiligne, ceinturée de parterres fleuris, il impressionnait par la majesté de ses pierres. Une fontaine en marbre, bordée d'un parterre de millepertuis, bruissait au milieu de la Cour d'Honneur.

Je restai ébahi. Si mes hôtes avaient la prestance qu'imposait le lieu, moi, petit escroc sans envergure, voleur, menteur, que serai-je à leurs yeux ?

Pendant que mon regard prenait largement la mesure de l'endroit, j'aperçus une agréable silhouette, vêtue de rose et de noir, dans un petit ensemble familier de dentelle et de lin. Mais alors que je croyais la reconnaître, je compris à cette tête haute, au mouvement de menton fièrement lancé, à ces grandes et souples enjambées que permettait la jupe évasée… Qu'il ne s'agissait nullement de Vic.

La femme, jeune, une trentaine d'années pas plus, un grain de beauté ponctuant sa pommette droite, m'assena un « Oui ? », glacial, qui me prouva sans difficulté que le monde confiné de la bourgeoisie admettait peu les intrus.

– Bonjour, je suis Max Verdois, l'ami de Victoria.

– Verdois ?

Un nom d'emprunt. Je continue.

– Max ? Oui, en effet, j'ai beaucoup entendu parler de vous, monsieur Verdois… En des termes très flatteurs, d'ailleurs, me répondit-elle, sa figure s'éclairant soudainement. Je suis Marie-Charlotte.

La voix claire et mélodieuse, les beaux yeux noisette brillant d'un feu plein d'arrogance, son gilet bien sage sur ses épaules droites, son corsage de cachemire et sa jupe de laine, tout en elle respirait l'éducation stricte d'une enfant de la « haute », maîtrisant ses émotions et n'en laissant voir que ce qu'elle voulait bien en montrer.

Nous nous dirigeâmes lentement vers le porche quand elle se ravisa et me dit :

– Venez. J'ai besoin d'aide. Vous êtes fort. Vous me serez utile, dit-elle, décidée, en se dirigeant vers le 4 x4 Mercedes, au coffre béant.

Je n'étais pas dupe. Elle me traitait avec une courtoisie froide, réservée non seulement aux étrangers, mais à cette vile multitude comme disait Tocqueville, à cette large frange de la population qui, par l'éducation dévoyée et la pauvreté du sang, n'appartiendrait jamais au monde qui était le sien. M'employant comme ouvrier manuel, ce qu'elle n'aurait jamais osé faire avec un fils de bonne famille, habitué aux rallyes mondains et autres chasses à courre, elle me montrait ainsi sans détour qu'elle m'acceptait avec la réticence dévolue aux « pièces rapportées ».

Prompt à ne pas ruiner mes chances d'abuser de cette famille, je l'aidai à décharger le véhicule d'une dizaine de bidons au contenu mystérieux et à les entreposer dans une remise, près de quelques vieux vélos suspendus. Malgré sa mince stature, la jeune femme possédait une vigueur attrayante et tout en gardant cette élégance innée des gestes et des mouvements, accomplit sa tâche prestement.

– Nous allons passer par la cuisine avant d'aller au salon, me dit-elle.

Nous traversâmes la Cour d'Honneur et entrâmes dans une cuisine aux couleurs lumineuses. Une odeur agréable de volaille farcie chatouilla nos narines. Un couple de domestiques bavardait devant des cafés.

– Venez, Monsieur Verdois, venez vous laver les mains, proposa ma compagne, en faisant couler de l'eau dans un vaste évier de faïence. Qu'est-ce que vous nous prépariez pour ce soir, Rainer ?

Elle se tourna vers moi.

– Rainer est un grand cuisinier. Nous l'avons chipé à un grand restaurant monégasque.

Je répondis à peine. Je venais de remarquer une belle et jeune Africaine, un peu plus de vingt ans, qui me regardait à la façon d'une chatte endormie, sous ses yeux mi-clos. Aucun détail n'échappait à sa vigilance narquoise. Ses longues tresses noires, son visage d'un ovale parfait, le front haut, les lèvres charnues, avec de grands yeux de biche curieuse, dans cette attitude molle et languissante, tout cela exprimait une sensualité animale, douce et terriblement féline dont peu d'êtres devaient arriver à neutraliser les réactions dévastatrices.

– Tiens donc…

Marie-Charlotte lui murmura quelques mots à l'oreille. La fille eut dans l'expression de son sourire un tel contentement, que sa superbe dentition éclata dans le cercle épais de ses lèvres.

– Ce ne fut qu'une vision imparfaite, soudaine et d'une brutalité sidérale.

– Le rugissement de la table malmenée, les claquements sourds du chambranle contre le mur, ses mains qui m'agrippent aux épaules, mes ruades insensées pour mieux me perdre en elle. De son regard brillant, il se perd dans ses tresses entrelacées. De ses soupirs, ils se noient dans mes râles.

– Tu me laisses songeur.

J'étais bien plus que songeur. Abasourdi serait le mot adéquat à mon malheur, car à cet instant même, je sombrai dans la fascination qu'exerçait sur moi la couleur de sa peau et les formes enivrantes, contenues dans la robe.

– Keyza, tu mettras un couvert de plus, continua Marie-Charlotte, tout haut.

– Oui, Mademoiselle, répondit la domestique, avec le fort accent de l'exotisme. Puis elle continua : Je prépare la chambre de… Monsieur ?

Troublé par le jeu singulier dont nous nous amusions à jouer tous les trois le pénible vaudeville, j'entendis :

– Non, Monsieur dormira dans celle de Mademoiselle Victoria.

J'avais du mal à quitter le regard de cette jeune belle plante à la peau couleur macassar. Elle me subjuguait suffisamment pour en oublier l'objet de ma visite.

Dans un coin de la pièce, Rainer, quinquagénaire florissant, cheveux poivre et sel et allure chafouine, faisait semblant de surveiller la cuisson d'un pigeon farci.

– Monsieur Verdois, je vais vous présenter à mes parents.

Après avoir franchi le seuil, nous nous retrouvâmes dans un autre monde, non plus celui de la domesticité, réduite aux labeurs quotidiens, mais celui de l'Autorité, là où se décidaient les mises à pied et les embauches, les dates des réceptions et l'organisation des bals. À travers une fenêtre du hall somptueux, j'aperçus ma Mustang Shelby 1969 ainsi que la grille de fer forgée, les murs d'enceinte et la forêt de hêtres. D'innombrables figures d'ancêtres, mêlées à des tableaux sculptés en ivoire, côtoyaient des statues de résine et des vases chinois. Un escalier monumental menait aux étages.

Une légère angoisse m'étreignit. Ainsi, je me retrouvais au cœur du Sérail, là où avait vécu Victoria… qui, en ce moment même, me trompait allègrement avec le directeur de son prochain casting dans une villa tropézienne…

Je préférais ne pas y penser.

– Tu avais bien raison. À l'heure qu'il est, elle est loin et très loin…

– César, ferme-là ! ! ! Maintenant, je ne sais plus où j'en suis… Ah oui…

Subitement, une violente altercation nous parvint.

– Écoute, Grégoire, cela ne peut plus durer. Nous allons avoir des problèmes…

– TAIS-TOI ! ! ! Nous continuerons, Gabrielle, nous continuerons parce que nous avons les moyens de continuer cette formidable aventure. Et rien ni personne, tu entends, PERSONNE… ne nous empêchera de mener la vie que nous avons choisie. PERSONNE ! ! !

– Personne ? ? ?

– Personne.

Je regardai Marie-Charlotte. Elle avait viré au rouge cramoisi. Si sûre d'elle-même auparavant, elle tremblait. Elle me jeta un regard d'une noirceur absolue. Le message était clair « Vous n'avez rien à faire là ».

Puis, avec un art consommé de la dissimulation, une maîtrise qui me terrifia, elle reprit contenance et retrouva cette superbe arrogance qui, dans le vernis de son éducation, paraissait aussi inaltérable que l'or massif des chandeliers, posés sur le rebord de la cheminée d'albâtre.

– Père, Mère, je vous présente un invité de choix ! ! !

Je restai médusé.

Jamais encore, chez un particulier, je n'avais contemplé un tel équilibre dans le luxe et le bon goût. Sous la superbe charpente en carène, les lustres en cristal de Bohême miroitaient dans le doux scintillement des lourdes pierres ouvragées. L'immense salon, un terrain de basket à lui seul, aux teintes de jaune et d'ocre, de roux et de beige, s'étalait dans l'opulence des meubles d'acajou, de cèdre et de palissandre, des voilages de mousseline de soie et des cachemires des vastes canapés. Les cheminées, ornées de décor de feuilles de chêne, de pampres, d'arcatures flamboyantes, offraient des âtres gigantesques, où fumaient un reste de bûches noircies.

Je vis aussitôt la femme blonde, d'une cinquantaine d'années, vêtue d'un ensemble ravissant de lin turquoise. Il y avait beaucoup d'attraits en elle qui ne laissaient pas indifférent, tel ce magnifique profil qu'elle m'adressait, altière, après un rapide coup d'œil sur ma misérable personne.

Un raclement de gorge attira mon attention. Un homme solide, aux épaules massives, grand, les joues mangées de barbe poivre et sel, me toisait avec impatience. Denville-Beauvais, lui-même.

– Cette description me fait penser précisément à quelqu'un de notre connaissance. Un médecin de la pire espèce…

– Laisse-moi continuer, je t'en prie.

– Madame, Monsieur, je… Voilà, je suis… Max Verdois, dis-je. Je suis le fiancé de Vic… toria, dis-je.

– Je le vis hausser les sourcils. Comme je restai muet, il aboya : Et alors ? ? ?

Il me fallut un temps inespéré pour retrouver l'usage de la parole. Malgré ma facilité à tromper mon monde et à jouer de la crédulité des autres, je me trouvai démuni face à des « forces de la nature » que je n'arrivai pas à contrôler.

– Victoria m'a invité ici… chez vous… pour vous être présenté et je…

L'homme ricana. Son regard pétillait d'une malice ardente.

– Ce sera bien la première fois que notre chère fille nous présentera un de ces… Enfin, vous me comprenez ? Vous me comprenez, n'est-ce pas ?, rugit-il.

Non, je ne comprenais pas. Je devais avoir une mine d'abruti.

Il se planta devant moi et hurla :

– Moi, je ne vous ai pas invité, monsieur Verdois.

Ça commençait très mal pour une première prise de contact.

Méfiante, Gabrielle me fusillait du regard comme si je n'avais été qu'un immonde cancrelat, posé négligemment sur son beau tapis persan.

– Mais enfin, Père, vous ne vous souvenez pas de notre conversation. Victoria nous a parlé de Monsieur Verdois. Ne vous souvenez-vous pas ? Max est commandant au SRPJ d'Orléans.

– La Police ? Quoi ? Moi, la Police ? ? ?

Après avoir longtemps chahuté la maréchaussée, expérimenté les joies secrètes des gardes à vue, frisé la correctionnelle, je me retrouvais dans la peau d'un poulet.

Victoria, tu es belle, mais tu as aussi beaucoup d'imagination.

– Un flic ! ! ! Pourquoi pas un moine cistercien en goguette dans un couvent de jouvencelles ! ! !

– Oh, ça va ! ! !

Le père me regarda, sur le qui-vive. Je repris contenance, voulus confirmer les propos de sa fille par un air décidé et viril dont j'avais le secret mais Marie-Charlotte m'interrompit :

– Il faut que je parle à mes parents. Venez, je vais vous faire servir un thé chaud dans la bibliothèque.

Dépité, je la suivis docilement dans la pièce voisine pendant que les deux regards braqués sur moi me carbonisaient les omoplates.

– Excusez mon père, Monsieur Verdois, il est parfois bourru, me dit-elle.

Je fis la moue sans décocher un son.

Après avoir appuyé sur une touche d'un téléphone intérieur, elle me dit :

– Je vous laisse, le temps de me changer. Keyza vous apporte du thé… À moins que vous ne préfèreriez quelque chose de plus simple, plus à votre goût. Une bière ? Je crois que nous en avons en cuisine. »

Je tiquai sans rien laisser paraître. Encore un signe patent de rabaissement social. Eh quoi, je ne pouvais pas aimer le thé ?

– Non, tu ne l'aimes pas.

– Je sais mais qu'importe…

Pour rabattre le caquet de cette donzelle, je choisis l'eau chaude.

Mais thé ou bière, Keyza valait le détour.

Je ne rêvais pas, la bougresse avait déboutonné les trois premiers boutons de son corsage. Sa poitrine comprimée par l'étroitesse savante de la robe n'en avait que plus de volume et attirait mon regard avec autant de puissance qu'un aimant. Lorsqu'elle se pencha pour me servir ce thé, j'eus l'envie féroce de presser mon visage contre cette chair si noire, moirée d'une sueur légère.

Avec elle, pas de manières. Elle était de mon milieu.

– Quel âge as-tu ?

– Vingt ans, monsieur.

Son langage correct m'étonnait. J'avais toujours eu affaire à des négresses incultes, réfugiées de pays à feu et à sang, Rwanda, Congo, Zaïre. Facilement malléables, naïves, peu dégourdies, elles étaient les proies idéales de types comme moi, sans scrupules, prêts à tout pour s'assurer un niveau de vie supérieur à la normale.

Quel jeu jouait Keyza ? Difficile de le dire.

Elle allait s'éloigner quand je lui saisis la main, doucement, la laissant libre de filer. Mais elle resta.

– Viens près de moi.

– Je sais ce que vous voulez. Vos yeux le disent.

– Je sais aussi ce que tu veux.

– J'en doute, rétorqua-t-elle, amusée.

– Rapproche-toi, Keyza.

– Vous oubliez mademoiselle Victoria. Mademoiselle Victoria n'aimerait sûrement pas ça. Je la connais et vous la connaissez encore mieux que moi.

Je ne trouvai rien à répondre. Je la lâchai. Mais elle ne partait pas. Elle parut réfléchir puis de nouveau, elle se pencha et m'offrit l'aimable vision de ses fruits gracieux, dont j'imaginai le fin duvet sous mes doigts.

– Regardez les bien car ils ne sont pas à vous, me dit-elle, avec une paisible effronterie.

Subjugué par cette magicienne, -elle devait en tourner des têtes, et des bien solides-, je restai immobile. Son souffle chaud me balaya une oreille et me dit une phrase mystérieuse :

– Je sais qui vous n'êtes pas. Vous ne devriez pas être là. Partez, partez avant qu'il ne soit trop tard. Ces gens ne plaisantent pas.

Qu'est-ce qu'elle avait, la noiraude ? Elle avait abusé du vin de Mistelle, des Cailloux du

Paradis, 17°, breuvage local, aussi noir que du Porto, aussi sombre que sa peau ! ! !

Un craquement de parquet nous fit sursauter. Elle se redressa subitement. Je sentis une présence dans mon dos, cherchai un reflet dans une vitrine, distinguai la masse corpulente et hautaine de Denville-Beauvais.

Les paroles de Keyza me tourmentaient, mais je n'avais pas le temps de m'en préoccuper. Comment pouvait-elle savoir qui j'étais ou qui je n'étais pas, alors que j'ignorais tout d'elle ? Et ces gens ? Quels gens ? Les Denville-Beauvais ? Des notables bourgeois, imbus d'eux-mêmes, sans considération pour leurs prochains, si ce n'étaient ceux qui comme eux, formaient le Bottin mondain solognot par le nombre de terres acquises.

Trois cent cinquante châteaux, paraît-il. J'avais lu ça quelque part. Trois cent cinquante propriétés privées et une seule forêt domaniale, celle de Vouzeron.

Je réfléchissais à tout cela pendant que la domestique filait, nuque basse et que le maître des lieux, dans une longue mutation de ses traits, m'offrait un visage enfin affable.

– Pardonnez-nous pour tout à l'heure, Verdois mais Victoria aurait dû nous prévenir de votre visite.

– Ne vous a-t-elle donc rien dit ?

– Pas à moi, en tout cas, mais je suis parfois si distrait. Qu'importe, vous êtes là.

Il me dévisageait avec autant de précision qu'un chirurgien s'apprêtant à disséquer un morceau de choix.

Nous nous assîmes.

– Ainsi, ma chère fille désirait vous présenter à sa famille. Envisageriez-vous le mariage ?, demanda-t-il, poli, sans perdre cette morgue naturelle qui le rendait détestable.

Il fallait la jouer finement, l'homme n'étant pas un vulgaire pigeon, errant dans les bas-fonds de Paname à la recherche de catins à bas prix.

– Nous nous aimons, monsieur. J'ai l'honneur et la joie de vous demander la main de votre fille, Victoria, m'exclamai-je.

Un long rictus narquois étira les lèvres fines de Denville-Beauvais.

– C'est bien, c'est très bien, tout cela. Néanmoins vous ne pouvez ignorer, Verdois, qu'il existe dans le monde où je suis né, des codes et des règles, de fort vieilles règles.

Sans hausser le ton, il me remettait à ma place.

– Votre naissance est sans doute très modeste.

– En effet, je ne suis pas né avec une cuillère d'argent dans la bouche, mais je me débrouille très bien. Je possède plusieurs sociétés en bourse et en suis actionnaire majoritaire. Ma fortune doit s'élever à plusieurs centaines de millions d'euros, tout cela dans des placements aux îles Caïman. Je peux assurer à Victoria un train de vie suffisant à combler ses caprices les plus fous.

Je sentis le léger fléchissement de son dédain dans une crispation de sa paupière gauche. Je compris que j'avais été trop loin quand il me dit, froid comme la mort :

– Je croyais que vous n'étiez qu'un simple fonctionnaire de Police…

Un silence plombé pesa sur nous, jusqu'à entendre avec précision le hennissement d'un cheval à travers les hautes fenêtres à meneaux, et plus proche, le mouvement régulier, absorbant, d'une belle pendule aux cariatides alanguies.

Je me raclai la gorge.

– J'ai en effet dit à Victoria que j'étais policier parce qu'en effet, je possède une agence de détectives privés. Policier, détective, n'est-ce pas la même chose ?

Il me regardait avec circonspection. Le morceau de choix paraissait soudainement avarié.

– De toute façon, Victoria sera parmi nous dans moins de deux heures. Nous verrons tout cela, ensemble. Verdois, je vous propose une promenade dans le parc. Marcher nous fera du bien.

Je ne refusai pas. D'ailleurs, dans l'état où j'étais, aurais-je pu émettre un avis contraire ?

– Je ne le pense pas.

En effet… Après un ordre tonitruant de l'amphitryon, genre : « Keyza, nos manteaux », la jeune Noire surgit, remisant à plus tard sa nonchalance naturelle. Elle fit ce que nous attendions d'elle, nous aider à enfiler nos tenues, nous ouvrir la porte, nous souhaiter une bonne promenade pendant que je sentais son corps admirable me frôler.

Sur les marches du perron, nous devinions la chaleur timide du soleil automnal à travers les nuages bas. Denville-Beauvais hocha la tête, pensif, devant ma Mustang aux selleries impeccables.

– Vous aimez les belles autos, Verdois. Moi, ce sont les chevaux. Aimez-vous les chevaux ?

À peine eus-je esquissé une grimace que le sexagénaire, n'attendant de moi, d'ailleurs, aucune réponse, s'éloignait, la démarche souple. Je le suivis, tout en pensant que je ne possédais aucune information sur ce sujet, rien de moins que la représentation sommaire du profane pour ces mammifères ongulés.

Au détour d'une longue dépendance aux odeurs d'huile et d'essence, nous découvrîmes dans les remugles de purin, une bête magnifique à la robe grise. Un jeune homme, torse nu, indifférent à la fraîcheur du crépuscule, faisait les crins du cheval frémissant.

– Voici Thémis, un trakehner, né d'un pur-sang danois et d'une jument arabisée. Magnifique, n'est-ce pas ? Comment va-t-elle, Lucas ? Sera-t-elle prête pour demain ?

– Ne vous en faites pas, monsieur Grégoire, la chasse aura lieu.

Lucas me jeta un regard dur. Une balafre au-dessus de ses pommettes saillantes accentuait le malaise indéfini que je ressentais à la vue de cet individu, sans doute aussi âgé que Keyza. Il semblait que des grands yeux noirs de l'animal s'extériorisaient moins de ressentiment que dans le regard ardent du palefrenier.

Une vision plus pénible que les précédentes me rendit maussade. Je l'imaginais en train de chevaucher une jeune monture vibrante à la peau d'acajou, les mains enfouies solidement dans les tresses tourbillonnantes et dont les plaintes sonores déchireraient longtemps le silence d'une écurie aux remugles de purin.

Tous, ils me chauffaient sérieusement le sang…

– Hum, ton histoire me plait.

– Je le savais.

Mon compagnon s'éloigna. Je le rejoignis pendant qu'il continuait à parler.

– Nous avons toujours une chasse, le dimanche matin. Disons que le gibier ne manque pas. Nous avons de quoi faire.

Il me regarda d'un air entendu. Sous sa barbe soigneusement taillée, ses joues s'étaient colorées d'une émotion indicible. Puis s'avisant de mon silence, croyant sans doute que mon trouble venait de mon incompréhension et non des contrecoups ravageurs d'une jolie Noire de vingt ans, il me demanda :

– J'espère que vous aimez la chasse ?

Je secouai la tête, sans conviction. Me crut-il ?

– Je vais vous montrer quelque chose.

Je le suivis vers le donjon, mangé de chèvrefeuille, habité au sommet par une famille d'éperviers. Il déverrouilla l'antique porte de bois et alluma. Des odeurs violentes de poudre mêlées à l'humidité des murs nous éperonnèrent les narines. Aux murs, des trophées de chasse témoignaient de l'habileté des chasseurs : têtes de cerfs aux yeux fixes, parés de somptueuses ramures, de sangliers bouffis et dont l'aspect sauvage et puissant n'avait pas été entamé par le travail du taxidermiste. Des machines-outils côtoyaient une panoplie d'instruments de mesure perfectionnés, des ébauches en acier, de formes et de métaux différents destinés à être usinés, soigneusement rangées sur des étagères, rivées au mur.

Denville-Beauvais, joyeux, théâtral, ouvrait les portes de grandes et larges armoires en acier, exposant ainsi à nos regards d'innombrables fusils, mitraillettes et armes de poing qu'une armée de mercenaires n'aurait pas dédaigné. Adroit, il saisit une arme, fit claquer la culasse et me la tendit.

– Prenez, Verdois, c'est une Schmidt-Rubin modèle KAR 31, d'une précision redoutable, calibre 30-284 Winchester, l'arme réglementaire de l'armée helvétique. Le cadeau d'un diplomate suisse en visite au château.

Tu le sais, César, j'avais toujours été fasciné par cette faculté de donner la mort d'une simple pression de doigt. Les armes m'occasionnent une sorte d'ensorcellement morbide, réapparaissant en de subits remous lorsque le lieu ou l'instant s'y prêtent… Comme un associé négligent qu'il faut remettre en place, des filles à corriger ou une baston en règle contre une bande rivale.

– Je préfère ce Browning Bar-Light en fibre optique…

Il parlait beaucoup, appréciait visiblement mon attitude conciliante, reposant les fusils dans les présentoirs avec un soin méticuleux pour en choisir un autre et le flatter de ses longues mains, comme auparavant, il avait cajolé le cou musclé de Thémis. Son regard brillait d'un feu profond. Pris en flagrant délit d'humilité, mon hôte ne cachait rien de sa passion, l'étalant sans mesure, parlant de la chasse avec l'ampleur des aficionados confirmés.

Soudain, un bruit de pas dans notre dos nous tira de notre conversation. Un homme grand, la peau sèche, jaunâtre, couverte d'ulcérations, balançait sa longue tête aux formes chevalines dans une attitude franchement narquoise. Vêtu d'un parka, d'un gros jean de velours côtelé, enfoncé dans des bottes de caoutchouc, il donnait l'image même du spécimen du cru, habitué à se repérer dans les innombrables ramifications des routes, chemins et layons. Son regard assez malin pour dénicher le plus habile des gibiers me transperça telle la lame acérée du Grand Veneur, ouvrant de bas en haut la bête pantelante, après une chasse remarquable.

– Verdois, je vous présente notre garde-chasse et gardien du domaine. Il veille à la protection de notre gibier. Dites, Jess, nous ne serons pas déçus ? Pas comme l'autre fois ?

– Ne vous en faites pas, monsieur Grégoire, il y a du gibier en attente, du gibier jeune et alerte, qui ne demande qu'à en découdre, répondit l'autre, sur un ton énigmatique, sans que j'en comprenne la raison.

– Bien, très bien. Venez, continuons notre promenade.

Nous pénétrâmes dans la forêt trempée et ses senteurs boisées. Les feuillages des trembles, autour des marais, frissonnaient sous le vent. La lande teintée de roux et d'or tapissait les mornes étendues dans des ornières infranchissables. Je découvrais une terre pauvre et ingrate, un pays « humide », non par les pluies abondantes mais par ses eaux dormantes.

Intarissable sur ce sujet, Denville-Beauvais m'affranchissait sur la réputation maléfique des marais et sur les propriétés divinatoires de certaines fontaines guérisseuses, -soixante-dix en Sologne, quarante en Orléanais. Il me conta la légende du « serpent au diamant » ou de la vouivre, « femme aquatique » pernicieuse et cruelle. Il m'enseigna tout ce qu'il fallait savoir sur la « malnoue », rivière souterraine née mystérieusement à Aubigny-sur-Nère et dont la source du Loiret en serait la résurgence.

Enfin, il me parla du mythe fascinant du loup-garou, que les nuits fraîches et laiteuses alimentaient jusqu'au paroxysme. Il soutenait « mordicus » que tout cela existait et n'en démordrait pas. Déjà, Hérodote dans ses Histoires au ve siècle avant J-C mentionnait les garous. Ovide, Pline, Petrone en parlaient dans leurs ouvrages. Lui-même, il avait vu d'étranges bêtes monstrueuses, une nuit de pleine lune et maintenant, encore, il n'arrivait pas à en sourire.

Lorsque soudain, en pleine conversation sur la lycanthropie, nous entendîmes de longues plaintes caverneuses s'échappant d'un sous-bois, je me sentis vaciller sur mes certitudes.

Une main de mon compagnon posée fermement sur l'épaule m'intimait le silence le plus absolu. Il murmura :

– Pute borgne, j'aurai dû m'équiper. Malgré cela, approchons, savourons cet instant.

Dévoré d'inquiétude, ne sachant qui croire ou de cet olibrius fanatique ou de ma propre raison, je le suivis jusqu'à une brande aux couleurs incendiaires… à pas de loup.

– Regardez ! ! !, me chuchota-t-il.

– Je ne vois rien, répondis-je sur le même timbre de voix.

– Là, entre les deux bouleaux, là…

Finalement, je les vis au bout de ce doigt noueux.

Spectacle sublime enchantant aussi bien l'autochtone que le citadin néophyte.

Le plus simplement du monde, une harde de biches et de chevreuils paissait dans l'herbe humide. Près d'eux, un cerf élaphe, portant un bois de six pointes, pesant près de deux cents kilos, nous fixait. Il avait repéré les intrus. Il releva la tête, ouvrit grand sa gueule et lâcha un puissant rugissement qui me fit littéralement dresser les cheveux sur la tête.

– Il défend son territoire, murmura mon compagnon. Je le connais, c'est un vicieux. Il a toujours su échapper à nos chasses. Voyez ces ramures, il va bientôt les perdre. Leur chute et leur repousse symbolisent la survie de l'âme après la vie. Cette croyance païenne remonte au temps des Gaulois et de Cernunnos, le dieu coiffé de bois de cerf. Elle a été récupérée par l'Eglise avec Saint Hubert…

Tel un prince omnipotent, le vieil animal s'éloigna, entraînant la harpaille à sa suite. Nous nous redressâmes.

– Lorsque je vous disais qu'il défend son territoire, je dois préciser de même que la période du rut est largement entamée. Ces phases incontournables appellent à la provocation et aux intimidations entre mâles. Un combat de cerfs, avez-vous déjà vu cela, Verdois ? Non, bien sûr. Vous ne connaissez pas le bruit sourd des bois retentissant sous le choc, rarement mortel d'ailleurs. Ils savent se jauger, battre en retraite dès qu'ils se sentent inférieurs à leur adversaire. J'en ai vu cependant qu'un coup d'andouiller avait transpercé le crâne. La nature n'est rien d'autre qu'une lutte formidable pour la domination… La loi du plus fort.

– Et les chasseurs font donc partie de cette nature.

– Partie intégrante. Nous avons le devoir de réguler les espèces, c'est indispensable. Sinon, ce pays ne serait qu'un affreux grouillement de bêtes sauvages. Ici, nous trouvons une densité de sept à huit cervidés aux cent hectares, c'est excessif… Et le montant des dégâts, énormes, plus de cent dix mille euros. Eh oui, vous, les habitants des villes, vous ignorez tout cela. Pensez aux propriétaires des champs qui voient leurs récoltes de l'année, saccagées par les sangliers.

Pendant que nous revenions vers le château, il me parla de son voyage en Argentine où il avait chassé l'antilope cervicape à San Javier. Semblable à un rituel venu du fin fond de l'humanité, après avoir abattu l'animal au final d'une battue mémorable, il avait plongé sa main dans la blessure sanguinolente et en avait extrait du sang chaud pour s'en couvrir joyeusement le visage.

Tout en hochant la tête d'un air entendu, je me disais que le paternel de Victoria n'était pas un tendre et qu'il faudrait veiller, après le « oui » symbolique du mariage, à ne pas trop frayer avec cette crapule.

À notre retour, j'espérais que ma tendre Jézabel fut présente. Toutefois, celle-ci tardait à me retrouver. Je dissimulais mal ma déconvenue. Mon hôte s'exclama :

– Allons, allons, patience. Installez-vous plutôt dans votre chambre. Keyza vous aidera à défaire vos bagages.

Cette alternative me parut séduisante. Me retrouver seul avec la jeune négresse n'était pas pour me déplaire. Pendant que Denville-Beauvais regagnait le salon, nous montâmes l'escalier d'Honneur jusqu'à la chambre de Victoria à la décoration médiévale, lit à baldaquin aux couleurs cardinales, marbre et tout le tralala.

Prévenante, Keyza défit ma valise et pendait aux cintres mes différentes vestes, tout en les brossant. Je fermai la porte et vins vers elle.

J'eus soudainement envie de fourrer ma tête entre ses cuisses.

Un désir infernal. Le truc qui dérape.

Elle s'immobilisa quand je la pris aux hanches et l'embrassa dans le cou.

– Quand vous aurez fini, monsieur.

– Allons, allons, pas de chichis, je sais que t'en as sérieusement envie. Allonge-toi. Ce sera vite fait.

– Pensez à Mademoiselle Victoria.

– Arrête avec ça.

Je la poussai brutalement en travers du lit et sans attendre, habitué à la chose, retroussai la robe jusqu'aux hanches. La fille ne bougea pas, les yeux fixant le lustre en cristal de Baccarat.

– Dis donc, ma cocotte, ça fait longtemps que j'en avais envie.

Quelques coups portés contre l'huis me firent sursauter.

– Etes-vous prêt, monsieur Verdois ? Mes parents vous attendent au salon pour un cocktail.

Marie-Charlotte.

– L'idiote ! ! !

– Tu l'as dit.

– Prêt ? J'étais résolument prêt.

– Donnez-moi quelques minutes, s'il vous plaît. Le temps de passer de l'eau sur le visage.

J'avais besoin d'autre chose et l'Africaine suffirait à mon appétit.

Muette, résignée, Keyza attendait. Le procédé lui était sans doute familier, les amis des Denville-Beauvais se servant naturellement dans la domesticité pour assouvir leurs besoins sexuels immédiats.

Seulement voilà, son attitude me dérangeait. J'avais bien besoin de tomber sur un « bloc de glace ». Il me fallait autre chose, du nerveux, de l'affolement, la crainte dans le regard.

Tu connais ma fascination pour la gent féminine, cette outrance dans des sentiments extrêmes, ce combat inénarrable à maîtriser cette passion tourmentée.

Leur sexe me fascine et je ne me lasse jamais à chercher en elles l'intérêt fulgurant de mes pulsions dans le jeu de la brute épaisse, du macho arrogant, prompte à manier son bâton pour mâter la péronnelle.

Je fis mon affaire prestement, n'ayant pour cette négresse aucune douceur, elle, fixant une fissure au plafond, les poings serrés dans les plis des draps, jouant la fausse extase, moi, hussard en vadrouille, chevauchant sa monture avec autant de douceur qu'un lad montant une vilaine carne.

– Max, égal à lui-même… Je t'adore ! ! !

– Ce n'est pas fini. J'ai tant de choses à te dire, encore.

Plus tard, des bûches craquaient dans la vaste cheminée du salon, dispensant une chaleur caressante.

Nous étions tous les quatre à siroter nos « cocktails » et à bavarder complaisamment sur les plaisirs de la chasse. J'en oubliais les raisons de ma présence, ici. Pas de ce qui venait de se passer dans ma chambre.

J'avais laissé Keyza comme on abandonne un Kleenex après usage, avec la satisfaction éphémère d'un contentement blasé. Elle ne m'avait rien dit, ne laissant rien paraître de sa douleur.

– Si émotion il y avait dans cette noiraude juste bonne à écarter les cuisses…

– Allons, César, ne dis pas ça. Déjà, je commençais à sentir mon cœur titiller par sa présence. Un sentiment impalpable, résolu sans doute mais encore à l'état de genèse.

Je préfère continuer.

– Nous avons surpris une harde près de l'étang. Un mâle en rut dont les biches n'attendaient que l'assaut, s'exclama le maître des lieux, en saisissant un lourd coffret à cigare.

– Les brames de cette faune m'ont toujours procuré d'incroyables frissons, dit son épouse, en croisant ses jambes, dont je devinais confusément l'arrondi charnel dans une fente propice de sa robe de flanelle.

– Vous troubleraient-ils, ma chère amie ?, s'étonna son mari, moqueur.

Elle soupira.

– Dans tout être humain, il y a un animal. Comment pourrions-nous rester indifférents à leurs longues plaintes caverneuses ? N'importe qui, même le plus endurci des chasseurs, même vous, Grégoire, ne peut s'habituer sans un serrement de gorge à ces terrifiantes lamentations.

– Cela ne nous empêche pas de les tuer. Un Montecristo ?

J'acceptai de bon cœur. Il était rare de me retrouver avec un havane au bout des doigts.

– Ainsi, vous aimez notre fille ?

Et voilà, ça recommençait. Qu'est-ce qu'ils avaient tous à me parler de Victoria ? Vic faisait déjà partie du passé, casée sur un coin de mon échiquier personnel, entre un bout de trottoir Porte Maillot et un « peep-show » rue Blanche. J'étais sur un plan « cul », moi, un « one shot ». D'ailleurs, où était Keyza ? Dans un coin de la pièce, près de la desserte, mains dans le dos, attendant les ordres.

– Depuis combien de temps vous connaissez-vous ?

Quelques heures à peine... Et je crois que j'en suis fou.

– Je te le disais. Tu es un...

– Ta gueule, César ! ! !

– Un peu plus d'un an, répondis-je.

– Cela m'étonne, cette décision de se marier, elle, si attachée à sa liberté, toujours par monts et par vaux...

Il fallut attendre les longs et méthodiques allumages des deux cigares cubains pour que Denville-Beauvais daigne lâcher :

– Il est vrai que son divorce a marqué durablement ses relations. Avec les hommes, bien entendu.

J'ignorai qu'elle se fut mariée et cette information ne me paraissait pas importante. Moi-même, je traînais plusieurs affaires judiciaires en cours, sans en avoir causé avec Vic.

– Cela fait maintenant trois ans. Notre chère fille s'en est très bien remise. Tenez, Marie-Charlotte, apportez-nous l'album de photo, le dernier, celui sur le Paris-Dakar. Elle a fini septième, vous savez ? Pas mal pour une novice.

– Oui et elle nous a d'ailleurs ramené quelques fruits tropicaux, commenta le patriarche, avant de diriger son verre vers la soubrette.

Le retour de Marie-Charlotte avec un lourd et épais ouvrage me détourna de la vision alanguie qu'offrait la domestique, en resservant prestement le verre de son maître, après que ce dernier eut fait claquer ses doigts.

Elle eut un regard pour moi. Me trompai-je ? Elle me parut soudainement envahie d'une infinie tristesse.

– Je comprendrais plus tard que malgré mon attitude frivole envers elle, - car j'étais si peu différent des autres-, j'avais été sans doute le seul à lui témoigner une quelconque importance.

– Quelle infinie connerie, permets-moi de te le dire…

– FERME LA ? ? ? La suite va te scotcher sur place.

– Et voici Victoria, posant près du 4 x4, après l'étape de Diourbel, sa meilleure photo d'ailleurs.

Consterné, je clignai des yeux devant l'instantanée couleur qu'affichait la page cartonnée.

Victoria ? ? ?

Je ne comprenais plus rien.

– CE N'ETAIT PAS VICTORIA ! ! !

La femme dont je voulais m'accaparer la fortune… n'était pas leur Victoria…

– Tu rigoles ? ? ?

– Pas le moins du monde.

Je dissimulais mal mon trouble. Par chance, personne ne me regardait. Sauf… Keyza, la moue boudeuse.

Deuxième question, tout aussi importante :

– ALORS… OU ME SUIS-JE FOURRE LES PIEDS ? ? ?

Mes oreilles bourdonnaient. Incapable de prononcer un seul mot, je voyais les lèvres de mes compagnons se mouvoir sans entendre un seul son.

Pour me donner une contenance, je regardai plus attentivement la photo de cette inconnue, l'autre Vic, jolie femme aux cheveux auburn, le front dégagé, le menton volontaire, parfaite imitation de sa sœur, portant la quarantaine avec une santé florissante.

Un gouffre immense se découvrait sous mes pieds.

Les femmes rirent d'une anecdote de Denville-Beauvais.

– Denville-Beauvais ?

– Ce n'étaient pas les Denville-Beauvais.

Il fallait partir et vite, avant l'arrivée inopinée de leur fille, de leur Victoria « à eux », avant que l'effroyable quiproquo ne soit découvert et que le garde-chasse ne me roue de coups.

Cette nuit, sans doute, lorsque tout le monde dormirait.

Il y avait une autre solution, plus aléatoire, dangereuse aussi : avouer ma méprise.

Pourtant je me voyais mal poser mon verre et tout en me dirigeant vers la porte, lancer à la cantonade « Je suis navré, je crois bien que je me suis trompé de maison »… Ou alors « Vous êtes bien les Denville-Beauvais ?… Quoi, vous n'êtes pas les Denville-Beauvais ? ? ? Ne vous dérangez pas, je connais le chemin. »

J'avais suffisamment l'expérience de la nature humaine pour considérer l'infernale situation où je m'étais fourré et de croire que je m'en sortirais sans me faire arrêter « manu militari » par la maréchaussée locale.

En effet, ils m'avaient accueilli chez EUX. Je prenais un cocktail dans LEUR salon… Et je me faisais LEUR bonne avec l'impunité du mauvais garçon, prêt à tout pour s'offrir du bon temps.

Denville-Beauvais… Ou « Tartampion »… n'étant pas un délicat, je risquais la peine capitale avant même d'être sorti de mon lit.

– Faudrait-il déjà que tu puisses y entrer ! ! !

– N'est-ce pas ! ! !

Pendant que mon hôte s'extasiait sur la beauté de la chasse au Burkina Faso, que Gabrielle sirotait son troisième Porto, que Marie-Charlotte surveillait la préparation du dîner, j'échafaudais dans ma cervelle un vague plan d'évasion.

Ne restait que la fuite comme un voleur de grand chemin, la pire des canailles – ce que j'étais après tout-, ne laissant que le souvenir d'un être méprisable dans la mémoire de ses hobereaux richissimes.

Je pensais même me servir au passage. J'avais remarqué quelques babioles en porcelaine de Sèvres, une tabatière en argent, un encrier-pendule en bronze doré, des vases en lapis-lazuli qui, chez un ami brocanteur, feraient le bonheur de quelques collectionneurs, peu regardant sur la provenance des objets.

– Je te retrouve, là, mon Max à moi, toujours sur le qui-vive.

– Quand tu sauras tout…

Au moment de dîner, je prétextai « une envie pressante » et happai au passage Keyza pour la pousser dans un corridor.

– Tu le savais bien que je n'étais pas leur Max ?

– De quoi te plains-tu ? Je ne leur ai rien dit.

Voilà qu'elle me tutoyait maintenant… Après ce que nous avions fait dans ma chambre, avant dîner, je pouvais comprendre. Tout de même, je m'habituais aux habitudes des bourges.

– Et pour quelles raisons ?

– Ce n'était pas mon problème.

– Soit, maintenant, tire-moi d'affaire.

– Ce n'est toujours pas mon problème.

Je lui saisis le bras, voulut lui faire mal mais elle semblait endurante à la douleur. Ses grands yeux de biche ne se voilèrent que d'une ombre menaçante.

– Je te ferai payer tout ça.

– Tu ferais mieux de penser à tes abattis quand la vraie Victoria va débarquer ici, ce soir. Elle est plus dure que le patron.

Cela me calma. J'hésitais à rejoindre les autres.

– Où est ta chambre ?

Elle eut un sourire équivoque.

– T'es bien qu'un homme pour penser qu'à ça…

Keyza avait raison. Au lieu de penser à la bagatelle, je ferai mieux de préparer ma défense quand l'Autre arrivera.

CHAPITRE 3

L'étrave du navire fendait l'océan dans l'écume blanchâtre et rejetait dans son sillage des vaguelettes aussitôt perdues dans l'immensité tourbillonnante. Le soleil haut dans le ciel clignait parfois sous les sourcils grisonnants de nuages effilochés se perdant à l'infini. Des mouettes criaient leur déconvenue à ce « neuf mètres » pimpant que des espadons et des requins croisaient en toute indifférence.

Les mouettes. Se fixer sur les mouettes dont les taches blanches virevoltaient souplement au-dessus du bateau. L'odeur de l'océan. S'en enivrer pendant que le vent chantait dans ses cheveux tressés. Le ressac. Se souvenir du mouvement de balancier sur la mer démontée.

Mais où ce bateau menait-il sinon à un écueil où son âme se disloquerait ?

Le pouvoir de son esprit était tel qu'elle arrivait par moments, en de subits instants, à se détacher du lieu où elle se trouvait, pour en finir avec la méprisable certitude de n'être plus que la locataire d'une dépouille vivante, le vulgaire réceptacle des satisfactions masculines, sa fascinante beauté tropicale n'appelant depuis ses quinze ans, à aucun autre sentiment humain que l'avidité brutale des hommes.

Il pleuvait sur ses yeux une bruine déplaisante…

Ou était-ce la salive postillonnée dont il l'abreuvait copieusement pendant qu'une chose dure, impatiente, exaltée, malmenait sa vulve ?

Le rugissement du sommier dans le creux du matelas défoncé lui rappelait le tangage d'une coque de noix aux larges de l'île Saint Louis, lors d'une pêche au mérou, les alizés au plus fort… Et ce n'était pas peu dire qu'elle se rattrapait à ses souvenirs d'enfance pour oublier l'abjection de l'instant.

À peine sentit-elle l'écume brûlante lui inonder le ventre.

Aux souffles perdus dans ses oreilles, au poids lourd de son corps étendu sur elle, dans l'écartèlement forcé de ses cuisses, à cette odeur de sueur et de foutre lui pinçant les narines, elle devina qu'enfin, tout était fini. Pour cette fois.Encore.Jusqu'à la prochaine.

Lorsque Max se dégagea rudement, Keyza gémit de douleur. Depuis longtemps, ses larmes avaient quitté son corps. Pleurer ne servait à rien, à rien d'autre qu'à alimenter la colère des hommes.

– Bouge-toi, va me chercher du whisky. J'ai soif, éructa-t-il, en remontant son caleçon.

La nuit précoce, givrée et noire, avait envahi la nature engourdie.

Les reliefs d'un repas frugal gisaient sur le plancher. Elle avait volé aux cuisines de l'hôtel, un reste de poulet et deux morceaux de tarte.

Key s'assit au bord du lit, la tête basse, toujours, la nausée au bord des lèvres, un étau lui serrant la gorge. Rien, ni l'alcool ni la drogue n'en apaisaient la force. Trop de mauvais souvenirs, de cicatrices, non de ces bleus tardant à s'estomper sur sa peau macassar après une nuit de tapin, mais à cet endroit singulier, évanescent, mystérieux de l'âme, l'émanation d'elle-même, de ce « moi » meurtri, défloré, piétiné.

Elle vit son string sous une chaise. Elle l'entendit gueuler « Allez, dégage, va me chercher de quoi picoler. »

Depuis longtemps, elle avait payé lourdement le tribut de cette violence qu'il exerçait avec l'excès des lâches. Comme les nombreuses filles, venues tout droit d'Europe de l'Est, du Maghreb ou d'Afrique Noire, ne connaissant pas un traître mot de français et dont les seules orientations de carrière valaient un coin de caravane près d'un chantier ou un van au bord du périphérique. Toutes avaient été livrées à une clientèle dont la majorité se fondait dans une normalité terrifiante.

Et ceux-là mêmes, autochtones rassemblés autour d'une partie de cartes dans la salle enfumée du « Rendez-vous des Amis », qu'avaient-ils de moins que la racaille habituelle, sinon leurs habits de bonnes gens respectables, venus se détendre après une journée de travail.

L'apparition de Key dans le claquement sonore de ses talons hauts sur les marches de bois de l'escalier étroit coupa net le ronronnement des conversations. Trois hommes tournèrent littéralement la tête à 180° pour suivre l'apparition de cette jeune et belle Africaine, petite robe rose en satin et talons hauts. Elle fit un signe au patron, commanda une bouteille de scotch puis demanda le téléphone.

Le tenancier, figure émacié, regard brillant de fièvre, trahissait et la gourmandise des choses de la vie et son mépris endémique pour « l'Etrangère », d'une noirceur magique, impénétrable, coriace :
« Qu'est-ce qu'elle fout là à polluer l'air ? Peut pas rester dans sa cambrousse ? ? ? »

Des craquements de parquet au-dessus de sa tête, un bruit sourd, la toux grasse de Max, lui fit réaliser subitement qu'aucun de leurs mouvements précédents ne leur avait échappé.

Elle sourit, gênée.

Au-dessus des bouteilles d'alcool sagement alignées, des coupures de journaux jaunis sous verre vantaient des faits d'armes. Le drapeau national, moisi sur les franges, des médailles aux reflets passés et des décorations flétries ponctuaient les murs de couleurs délavées. Tout respirait une nostalgie vieillissante, entretenue avec une conviction de guerriers inactifs, se vengeant sur les chasses dominicales avec autant d'ardeur que des troufions en garnison, imbibés de pastis sans eau.

Une tonalité résonnait dans sa tête.

– Vic ? C'est moi. Tu ne devineras jamais où l'on n'a atterri, s'exclama Key, un sourire radieux sur les lèvres.

Un reniflement bruyant du patron l'interrompit. Des raclements de chaise. Les clients partaient.

– Un trou perdu en Sologne, je te raconte pas ! ! !

– À propos de trou… lança un des consommateurs, provoquant l'hilarité fruste des habitués.

Deux de ses « amis » se placèrent près de Key, un troisième se planta à un pas derrière elle. Les odeurs de leurs vestes de cuir imprégnaient l'atmosphère rustique.

Key se sentit mal à l'aise. Un nœud lui serra la gorgc.

Les hommes, Keyza les connaissait tous, « pas un pour racheter l'autre ». Son frère Abdullah ne valait pas mieux. Depuis qu'une partie de cartes truquée dans un cabaret de Dakar avait scellé son destin, la lycéenne avait découvert le Moyen-Orient, l'Asie et l'Europe sous ses côtés les plus effrayants. Une descente aux enfers interminable où seule, la conviction de s'en sortir vivante l'avait résolue à affronter les dangers sans imaginer le pire.

– La voiture est foutue, continua-t-elle, la voix étranglée par l'émotion. « Un sanglier, ce con, a traversé la route. On l'a pris de plein fouet.

– Ça arrive, commenta l'homme près d'elle.

Elle le regarda de travers. Il ricana.

– Nous sommes au Rendez-vous des Amis » sur la D… ?

Elle regarda le patron.

– 49.

– D 49, en direction de Romorantin. Tu peux me rejoindre ? Max ? Il roupille. Oui, j'ai tout ce qu'il nous faut.

Quelques mots plus étouffés, incompréhensibles, furent lâchés. Elle disait seulement qu'elle était dans de mauvais draps et qu'il lui faudrait se débrouiller toute seule. Toujours compter sur elle seule. Aucune aide. Ou subir encore, toujours, l'appétit féroce des hommes, en qui elle ne voyait que « des mâles ne voulant que le mal…

Une main se posa doucement sur le combiné qu'elle tenait et la força à raccrocher.

Key trembla.

– Il faut que je rejoigne mon compagnon, souffla-t-elle, la gorge serrée.

– Il dort, tu l'as dit toi-même.

Celui qui se tenait derrière elle la prit d'autorité aux hanches, l'embrassa dans le cou, lui caressa lentement la poitrine, soulignant ses vastes rondeurs.

Tout allait recommencer. Ils ne la laisseraient jamais en paix.

Que faudrait-il donc faire ? Se mutiler ? Disparaître ? En finir ? Pour qu'enfin, on lui laisse le choix de sa propre vie ?

Les yeux humides, elle regarda le patron qui ne perdait pas une miette de la scène. Aucune aide à attendre de ce côté-là.

Tout revint en elle avec une brutalité insondable. Des filles comme elle, dépossédées de tout. Les traitements atroces dans un camp de soumission en Albanie, le dressage, la torture par brûlure, électrocution, amputation, défenestration, dans le dessein parfaitement maîtrisé de la destruction mentale et physique des victimes afin qu'elles n'aient plus le courage de résister.

Et de ces tourments inimaginables, à la limite de l'entendement humain, naissait la conviction intime, viscérale, effrayante… que leur corps ne leur appartiendraient plus jamais, spoliées littéralement dans des mises aux enchères hallucinantes en Bosnie-Herzégovine.

Meurtrie au plus profond de son cœur, Key se sentait dorénavant la passagère d'une enveloppe corporelle, l'esprit détaché d'un morceau de chair commercialisable à outrance, destinée à tous les traitements ignobles.

Lasse, résignée, elle s'intéressait à un aquarium aux vitres sales quand l'homme dégagea les fines bretelles de ses épaules et dégrafa le haut.

L'esprit en ébullition, elle chercha dans sa mémoire le son du balafon et des flûtes, entraînées par le rythme endiablé du mbalax, venu tout droit des rites traditionnels de son enfance…

En vain.

Le navire sur la mer aux larges des côtes africaines, les psalmodies des griots, le rugissement du lion dans la savane… Tout semblait mort en elle. Il n'y avait plus rien. Rien qu'une sensation bizarre, mêlée de vertiges, de nausées et de chamades effrénées.

Les souffles des hommes battaient sa peau. Leurs mains possessives prenaient la mesure d'un corps aux formes encombrantes. Dans leurs regards, il y avait cette même intransigeance sordide qui les rendait aussi exécrable que n'importent quels animaux dangereux dont on pouvait redouter l'innommable.

Etait-ce le superbe tour qu'elle avait joué à ceux-là même qui l'avait déshonorée ? Etait-ce le lieu, le contexte, l'espoir d'un renouveau, d'une rédemption loin des proxénètes qui l'avaient promise à un destin terrifiant ?

Toute la rancœur accumulée, chauffant sous le couvercle de sa terreur, la propulsa soudainement dans une révolte qu'elle n'aurait jamais crue être capable de ressentir depuis la longue meurtrissure de son âme bafouée. Étrange certitude de pouvoir s'en sortir, d'émerger de cette marée puante dans laquelle elle avait été résolument plongée à l'âge de l'adolescence.

Poussée par elle ne savait quelle énergie salvatrice, elle les repoussa et prestement, glissa entre leurs mains. Les hommes ne comprenaient pas, beuglaient, l'insultaient.

Key s'empara d'une fourchette, traînant sur une assiette souillée et menaçait les trois individus avec autant de hargne que s'il s'était agi d'un poignard affilé.

– Foutez- moi la paix, répéta-t-elle, rugissante, les mots filant entre ses dents serrées.

Le patron tiquait. Il n'aimait pas le cours que prenaient les évènements :

« Une petite baise entre amis ne fait jamais de mal. La négresse ne joue pas le jeu. Pas bien, ça. »

– Maintenant, la guenon, tu ranges ça, s'exclama le plus vieux, une cinquantaine aguerrie, sans doute bon père de famille et époux modèle.

– Allez vous faire foutre ! ! !

À chaque approche d'un ennemi, la gazelle noire devenue panthère, vigilante, brandissait son arme, prête à en embrocher un, au moins à la gorge et lui faire pisser le sang. Les volées de bras, lancées violemment, faisaient siffler l'air empesté d'alcool. Le danger inexprimable qu'elle provoquait la rendait invincible. Le patron comprit que la fille irait jusqu'au bout et ce qu'il avait imaginé comme un plaisir ludique avec une jeune pute de passage deviendrait un crime sordide dans son établissement.

– Bon, maintenant, vous partez tous ! ! ! Vous m'avez compris ? ? ? Allez, du vent ! ! !, cria-t-il, enragé de ne pas voir l'affaire se conclure. Il les connaissait tous, invités du Marquis, ancien de l'OAS, leader d'un groupuscule néo-nazi, prêtant volontiers sa propriété pour des séminaires très spéciaux.

Les autres le rabrouèrent, trop échauffés pour raisonner. Pourtant l'entregent que possédait l'aubergiste, et la crosse d'un vieille pétoire, sortie du dessous du comptoir, parut suffisant à les faire reculer.

Key ne baissa la garde que lorsque tous disparurent un à un dans la nuit et que la porte se referma.

– Toi, la Niakoué, va te coucher et la prochaine fois, ne viens pas aguicher les hommes. Ça porte malheur, s'exclama l'aubergiste, furieux.

Haletante, Key s'aperçut enfin de la nudité de sa poitrine. Tremblante, elle rajusta sa robe.

– Je ne faisais que passer, répondit-elle, brisée par l'émotion. Je n'ai rien demandé.

– Tire-toi avant que je m'énerve vraiment ! ! !

Les jambes flageolantes, Keyza remonta l'escalier.

Elle entra dans la chambre, passa dans la salle de bains et se laissa glisser jusqu'au sol.

Lentement, des larmes pointèrent aux coins de ses grands yeux de biches.

Fallait-il craindre dans un lieu retiré de l'agitation citadine, des règles triviales, obscures, inaccessibles à l'intelligence humaine ? Le rapprochement avec la nature impliquait-il une sauvagerie primitive ?

Ou alors, ici, comme partout ailleurs, les femmes n'avaient droit de cité que couvertes des pieds à la tête, à la cuisine… ou dans les ruisseaux et les bordels, vindictes de la rage masculine, cette « mâle-peur » qui depuis des millénaires, poussaient les hommes à étouffer une sensualité qui les dérangeait ?

Puis un rire fila de sa gorge.

Un rire saccadé… Incoercible. Une bouffée de chaleur la submergeait d'une telle façon qu'elle se sentit possédée d'une passion nouvelle.

Elle essuya rageusement ses pleurs, se redressa.

Par son attitude inconcevable, il n'y avait encore que quelques minutes, elle avait retrouvé l'énergie pour lutter, reprendre possession de son corps et l'accès à son ventre.

Imposer des limites.

Oui, à l'avenir, plus personne ne la toucherait sans son autorisation.

C'était décidé, irrévocable, sans concession. Et celui qui outrepasserait à ses inflexibles dispositions sentirait profondément la morsure de ses jolies dents nacrées.

CHAPITRE 4

Tassé sur lui-même, près de la fenêtre close, dans la demie pénombre d'une nuit qui tardait à prendre son tour, Max avait les lèvres mouvantes dans le souffle des mots dont il peinait à retenir le flot. Son ombre, déchirée par l'éclat de la loupiote, placardait une forme monstrueuse sur le papier peint à fleurs… une sorte de bête immonde aux souffles rauques, à cet instant, entravée par des embrouillements auquel peu d'humains avaient accès.

Verducci balança sa tête d'avant en arrière, suspendit cette gestuelle dans un instant d'incertitude, fut hagard, le regard indéterminé. Puis, les épaules basses, les mains pendantes, ramolli de tout son être, comme vidé de cette énergie vitale qui le propulsait bien souvent dans d'insignes « pétages de plomb », il se laissa entraîner dans le remue-ménage d'un désarroi immense.

Pourtant, d'ordinaire, chez cet abruti, veule et vénal, il n'y avait jamais eu aucun doute, rien qui aurait pu le sauver de la damnation. La noirceur de son âme était telle qu'il n'envisageait le Bien que sous la forme de mensonges calculés et d'atermoiements stupides, ne servant qu'à abuser les plus crédules.

Ballotté dans le monde du crime depuis sa prime enfance, élevé au fin fond des Pouilles, méprisé pour sa laideur et son illettrisme, Max Verducci n'avait vu en la Femme que le levier humain à ses avidités égocentriques : fortune et pouvoir. Dans un mélange de fascination trouble et de répulsion haineuse, il avait lentement sombré dans la violence insoutenable du petit maquereau ambitieux, abusant celles qu'il séduisait ou poussant les moins promptes à lutter contre le vice, dans les rets des proxénètes locaux.

À force de perfidies insidieuses et de compromissions tenaces, il était devenu le « porte-flingue » d'un caïd – lointain cousin albanais- qu'il venait de trahir, pas plus tard que la veille au soir.

Ainsi, sans admettre une vérité qui lui aurait déchiré le cœur si un tant soit peu, un travail d'introspection avait été accompli, il se persuadait sans effort que la jeune Africaine servait ses propres plans et assurerait par sa beauté tropicale, une retraite dorée sur la Riviera.

Mais qu'en était-il vraiment ? N'y avait-il pas dans cette fuite désordonnée, cet abandon surprenant d'une vie, somme toute, bourgeoise, la volonté inaboutie de refaire sa vie avec la plus belle fille qui lui ait été donné de rencontrer dans sa « putain de vie » ? Une sorte de rédemption ? Un coup d'éponges sur ses crimes passés ? L'espoir d'un avenir meilleur ?

Cela, il ne l'admettrait jamais, préférant chercher dans ses convictions machistes, sur le terreau du racisme et de l'indispensable terreur, un ordre violent, établi par l'Homme depuis des millénaires et remisant le sexe dit faible, soit aux fourneaux, comme sa propre mère, mi-Italienne mi- Albanaise, et engrossée treize fois, soit dans les ornières scandaleuses de la prostitution de masse.

Pas de demi-mesure chez Verducci.

Mais que racontait-il là ? Quel monologue se répétait-il ?

Il n'aurait su le dire. Tout était si confus en lui.

Son médecin traitant aurait dû depuis longtemps diminuer la posologie de ses médicaments. Néanmoins, personne n'avait pu empêcher une personnalité aussi importante du corps médical de prescrire le contenu de sa sacoche, sans craindre un coup de scalpel, adroitement placé.

Ainsi, cette voix dans sa tête, vociférante, haineuse, il s'en nourrissait avec la délectation maligne du fou, persuadé de sa logique.

Des images s'imbriquaient dans un mauvais puzzle, à la construction bancale et incertaine.

Max se souvenait du château, des filles, beaucoup de filles, plutôt jeunes et jolies, en tenue de soubrettes… et d'officiers nazis, haut de cuir avec svastika et bas de soie avec porte-jarretelles et froufrou. Une jeune Noire avec pour seul vêtement, un tablier blanc. Une blonde en guêpière. Une musique wagnérienne, hurlée par les enceintes. Le trottinement des talons aiguilles sur le marbre des escaliers. Les cris des filles, coursées dans les couloirs. Les plaintes à travers les voilages de mousseline des lits à baldaquin. Les rires tonitruants du maître de maison. Les chasses au petit matin, les participants à peine dégrisés d'une nuit d'excès.

Une atmosphère palpable de fin de règne où le lucre et les insanités se nourrissaient de l'oisiveté et de la drogue.

Mais après tout, n'était-ce pas encore des rêveries turbulentes, des fantasmes rabâchés, des scènes de l'esprit ?

Lui-même, il n'aurait su le dire.

L'imaginaire s'emmêlait dans des fondus enchaînés dont il avait du mal à cerner la certitude, préférant comme à chaque fois s'abandonner à cette verve balbutiante, ponctuée par ce fantôme qui le possédait, forme bien plus consistante que les chimères de son enfance.

Dans le silence de la chambre, il pensa :

Au début, l'indignation et la rage m'avaient envahi. Je maudissais mon sens de l'orientation désastreux, les indications erronées d'un chasseur obtus au bord d'un chemin de terre défoncé, tout ce qui m'avait entraîné dans cette chambre luxueuse et vide.

Victoria, celle des « Tartampion », n'avait pas montré le bout de ses seins, seulement appelé pour dire qu'elle ne savait pas quand elle rentrerait.

Peut-être cette nuit, peut-être demain.

La petite voix persifla :

– Toujours agréable de se faire attendre.

Il hésita et rétorqua dans ses pensées boiteuses :

– Je ne te le fais pas dire.

Le dîner fut excellent.

On me promettait une chasse mémorable pour demain. Pourquoi pas, je me voyais déjà loin.

J'avais déjà prévu mon plan : filer dès maintenant, sans saluer la « beauté noire ». Cela me coûtait, mais je n'avais pas le choix. Il fallait profiter de la moindre occasion.

– Tu as toujours été trop prudent, à la limite de la couardise.

– Attends avant de parler.

Je m'assurai de la présence des billets dans les coutures de la veste…

– La fameuse veste…

– Oui, la veste, nous y reviendrons…

Dans l'autre main, je pris les clés de la Mustang, garée soigneusement par Rainer dans le garage et ma Samsonite, vide. Laissant tout derrière moi jusqu'à l'opprobre, je sortis de la vaste chambre et me retrouvai dans le couloir.

Tout dormait.

Je dévalai quatre à quatre l'escalier principal et m'arrêtai de nouveau. Mes chaussures de crêpe assourdissaient les bruits de mes pas. Tel un fantôme new-look, je me véhiculais avec autant de discrétion qu'un papillon de nuit, enfermé dans la vénérable demeure, libre de mes mouvements et sans égard aux objets précieux que je dérobais subrepticement et fourrais dans ma valise.

La masse noire et mystérieuse de la forêt échappait à la luminosité scintillante de la lune, ronde et laiteuse. Celle-ci inondait d'une clarté insolite les vieilles tours ventrues.

Le nez collé contre la vitre, j'aperçus de bizarres lueurs, sorte de feux follets virevoltant avec vivacité. Je ne croyais pas aux ectoplasmes, même dans une citadelle séculaire qui avait du être le foyer d'innombrables crimes, d'effroyables massacres et de terrifiants complots.

– Tout ne dormait donc pas ?

Je l'espérais. Je fuis par l'arrière et traversai le corridor, menant aux cuisines. À ce moment, rien ne bougeait.

J'ouvris sans difficulté la porte. Une vaste demeure, chargée de bibelots précieux, et laissée sans aucune surveillance ? Cela aurait dû m'intriguer.

À peine eus-je fait quelques pas dans la nuit fraîche, mes yeux s'habituant à la noirceur alentour, je compris que je n'étais pas seul.

Un grognement sourd sur la gauche me parvint, puis un deuxième, un troisième et des yeux iridescents percèrent la nébulosité opaque de la nature.

– Des chiens ! ! !

– Mais oui, imbécile, ils avaient des chiens ! ! !

Surtout, ne pas courir. En quelques bonds, ils me rejoindraient et me croqueraient sans délai.

Lentement, je reculai vers la porte, tout en leur parlant d'une voix douce afin de les apaiser. Etranges, ces chiens… Ressemblant à s'y méprendre à des… LOUPS…

– Des loups ? Impossible ! ! ! Qui placerait des loups sur son domaine ? ? ?

Et pourtant, je ne rêvais pas.

À un mètre de la porte, je pris le risque d'ajouter à leur frénésie, ma propre terreur et sautai à l'intérieur de la cuisine, en poussant la porte de mon pied, pour bloquer une patte, faire hurler à mort un animal à coups de valise, qui peu à peu, se dégagea.

La lumière de la cuisine s'alluma.

– C'est toi qui fais tout ce bordel ? ? ?

Allongé à terre, les yeux clignant nerveusement, j'aperçus de jolies jambes noires jaillissant d'une petite nuisette couleur lilas, la pointe des seins traversant littéralement le tulle. La tête vide, contemplant le joli spectacle d'une Keyza au sortir du lit, je ne trouvai rien à dire.

– Viens avec moi avant qu'ils ne te trouvent.

Penaud, je me relevai.

Elle couchait dans une pièce aux murs peints à la chaux. Un lit de taille moyenne aux draps défaits, une chaise, une petite table et une armoire formaient un mobilier sommaire. Quelques photos au mur évoquaient des paysages arides et mornes. L'Afrique, sans doute…

– C'est donc là où tu crèches ?

Elle ne répondit pas, me jaugeait, debout, bras croisés.

– Tu cherchais à te tailler ? Ce n'est pas très malin.

– J'ai vu, maugréai-je, m'asseyant sur le bord du lit. Dis, t'as rien à boire ?

Elle eut un sourire étrange, fit la moue.

– Ça dépend… Peut-être…

Je ne vis rien venir, encore sous le choc de l'affaire précédente avec les loups.

Ni une ni deux, elle releva le bas de sa chemise et me chevaucha littéralement comme une Amazone sur son cheval, avec l'impétuosité que réclamait son désir féminin. Son baiser fut violent et possessif, ses mains habiles à me défroquer, son ventre chaud et mouillé.

La drôlesse n'avait qu'une hâte, c'était de se faire plaisir.

Plus tard, dans la fumée âcre du cannabis, nos corps nus étendus l'un contre l'autre, elle me raconta d'une voix lente sa jeunesse miséreuse au Sénégal. Encore adolescente, exploitée par un de ses congénères, elle avait travaillé dans une boîte glauque, près de l'embarcadère de Gorée, au port de Dakar, comme serveuse aux seins nus, à faire des extras avec les clients entre deux commandes. Le hasard avait voulu que ses pas croisent ceux de Victoria, occidentale aisée, venue s'encanailler dans les bas-fonds de la capitale.

Des nuits d'amour… Des promesses… Un nouveau passeport et Keyza avait débarqué en Sologne pour servir des maîtres dont elle ignorait tout et qu'elle avait appris à redouter.

– Quels sont leur nom ?, demandai-je.

Une sonnerie bizarre retentit dans la pièce. Nous levâmes la tête vers un tableau où une lampe rouge clignotait.

– Merde, c'est le Patron.

– Qu'est-ce qu'il te veut ?

– D'après toi ? ? ?, répondit-elle, rageuse.

Je vis son corps d'ébène se hisser, les seins orgueilleux disparaître dans sa petite robe de nuit qu'elle noua solidement.

– Comment s'appelle-t-il ?

– Leskovac. Il a fait la guerre en Serbie. C'est un aventurier. Il s'est enrichi sur le dos de tout le monde. Je l'ai su en écoutant les conversations…

– Et les chiens, ils restent là toute la nuit.

– Des chiens ? T'as pas vu que c'étaient des loups ? Il les a ramenés de Yougoslavie, dressés pour tuer pendant la guerre en Bosnie… Il gardait les prisonniers dans un camp de concentration… Tu ferais mieux de regagner ta chambre et trouver une excuse valable quand Victoria rentrera. Elle, elle est pire que son père.

– Attends, il y a des lois quand même.

– Toi si empressé à déjouer les Forces de Police, tu étais plutôt gonflé d'aborder le sujet.

– Je sais, on ne se refait pas.

– Tu me fais rire avec tes lois, me répondit-elle. T'auras jamais la Police dans le coin. Et quand elle vient, c'est par l'entremise du Préfet qui vient chasser sur leurs terres. Ils sont riches et puissants. Non, il n'y a que leur loi à eux. La loi du plus fort.

Ça me rappelait quelque chose, tout ça. Une conversation au fond des bois.

– Et pourquoi tu restes, toi ?

Ils lui avaient pris son passeport. Elle ne pouvait rien faire. Un jour, elle avait tenté de fuir, mais le château était si loin de tout, entouré de marais et de lacs. Et sans cartes, sans boussolc, quc fairc ? Ils l'avaient reprise au bout de deux jours, éreintée, affamée. La raclée fut suffisamment mémorable pour lui passer le goût des fugues.

Elle se disait de retour dans moins d'une heure.

Le temps filait et elle ne revenait pas.

Je décidai de regagner mes pénates.

La chambre de Victoria, trop grande pour ma petite personne, me semblait soudainement inhospitalière par sa lourde décoration médiévale. Je n'avais pas remarqué sur les consoles et les stalles, les tapisseries et les sculptures, les boiseries et les étoffes, cette abondance de la représentation d'animaux imaginaires, typique de l'art médiéval. Griffons, corps de lion et tête d'aigle ; basilic, queue de serpent et corps de coq ; cynocéphale, homme à tête de chien… toute une anthropologie démesurée qui s'offrait une farandole trépidante dans le silence de la nuit, sans me concéder la moindre attention. L'envie de retourner dans le lit chaud à attendre ma jeune et belle gazelle me taraudait les viscères.

Conscient que le retour de Victoria scellerait mon destin et qu'il me faudrait bien plus que d'un hallucinogène pour me sortir d'affaires, je cherchai un nouveau plan. Et chemin aidant, je m'endormis.

– Il ne restait plus que cela à faire.

– En effet… Mais au matin… Écoute…

Je me réveillai en sursaut.

Le flot du jour balayait la poussière en suspension à travers les interstices des volets.

Six heures à ma montre.

J'étais seul dans le grand lit.

Des éclats de voix m'avaient sorti de mes songes. Après un temps infini, je réalisai que seule, une agitation dans la cour avait rompu mon sommeil.

Je courus à la fenêtre et distinguai un aréopage de cavaliers bien mis dans leur costume pimpant de chasseurs, vestes à boutons dorés, bottes vernies et bombe vissée sur la tête. Je reconnus mes hôtes, tous prêts à galoper dans la forêt à la recherche du gibier. Jess, le garde-chasse et Lucas, le palefrenier, s'échangeaient une flasque d'alcool pendant que les gros loups furetaient, pressés d'en découdre.

– Une occasion en or pour Bibi ! ! !

Ni une ni deux, j'arrangeai mes affaires tout en les espionnant. Pas trace de Keyza. Sans doute, à la cuisine.

J'attendis que les chasseurs passent à petits trots la haute grille d'entrée pour me précipiter dans l'escalier et courir ventre à terre jusqu'au garage où la Mustang avait été rangée.

Je l'aperçus au loin, garée entre le 4 x4 et une limousine. Je manoeuvrai un interrupteur. Une série de néons claqua au-dessus de ma tête, diffusant unc lumière blafarde.

Subitement, je me sentis défaillir.

La Mustang ! ! ! ! Si jalousement gardée, orgueil de mon garagiste, fierté de mes déambulations routières, outil de mes dragues répétées…

– Etc etc…

Ouais, une rage démoniaque avait rendu le cabriolet méconnaissable. Pare-brise défoncé, tôle enfoncée à coups de masse, phares cassés, pneus lacérés, capote en lambeaux et selleries méconnaissables dans un badigeonnage hystérique d'excréments aux odeurs pestilentielles.

Anéanti, je vacillai, me retins à la limousine. Les murs tournoyaient autour de moi dans une sarabande vertigineuse, m'empêchant de réfléchir et de comprendre la raison de cette abominable démence.

– TA PUTAIN DE BAGNOLE ! ! !

J'étais devenu fou.

Je saisis n'importe quoi, une clé anglaise et je fracassai la carrosserie luisante de la superbe et longue voiture dans laquelle ces foutus Yougoslaves faisaient les beaux le dimanche, à Lamotte-Beuvron ou je ne sais encore.

Lorsque ma rage fut passée, je me mis enfin à réfléchir.

Ils savaient tout. Et ils se vengeaient, comme les Cosaques dans les steppes lointaines, assoiffés de vengeance, prêts à en découdre.

Je devais fuir et en vitesse.

Fuir était une chose. En vitesse, était une autre.

Keyza m'avait rappelé l'impossibilité de toutes fuites sans carte ni boussole.

Keyza.

Où était Keyza ? ? ?

J'avais subitement besoin d'elle.

Purée, je tombais amoureux.

– Mauvais pour les affaires…

Surtout, lorsque la Mort rôde.

Et la Camarde, ça ne plaisante jamais. Faut rester lucide.

Au diable, Keyza.

Je courus vers les dépendances et entrai dans la remise où la veille, j'avais aidé Marie-Charlotte à ranger les bidons. J'avais repéré les vélos suspendus par des poulies.

J'allais en saisir un quand soudain, je remarquai une pierre ronde à terre dont la forme étrange me rappelait quelque chose. Un souvenir dans ma tête.

Un coup de folie d'Andrea, après la trahison de son lieutenant, Momo. Tu t'en souviens ? Dédé, il n'aimait pas plaisanter là-dessus, l'honneur, le respect, tout ça… D'un tranchant de scie circulaire, il l'avait décapité et plongé la tête dans de l'acide. Pour en faire un exemple. Ça n'a pas empêché la « Bande des Crotales » de le descendre à Sarcelles… Et moi, de me tirer avec la caisse.

– Passons…

Toujours est-il que cette pierre n'était pas une pierre… Plutôt… Un crâne…

UN CRANE HUMAIN.

J'avais du mal à réaliser l'incroyable de ma situation. D'un Dédé, taré et occis, je me retrouvais piégé par une famille, tout aussi déjantée… Et elle, bien vivante.

Je reculai et compris aussitôt, par une sorte d'instinct à vif, que je n'étais plus seul dans la remise. Des grommellements. Je me retournai lentement.

Les babines retroussées sur les crocs blancs, immenses, menaçants, au moins quatre-vingt-dix centimètres au garrot, plus impressionnants à la clarté du jour, quatre loups palpitaient, attendant l'ordre humain pour me dépecer sur place. Leurs muscles d'acier roulaient sous le cuir de leur fourrure grise. Une silhouette se profila dans l'encadrement de la porte. Je reconnus le garde-chasse, armé d'un fusil à lunette.

– Sors.

Sur un autre ordre bref, dans une langue slave, les bêtes disparurent dans l'éclat du jour, les queues basses.

– Sors, je t'ai dit.

J'optai pour l'obéissance.

Un groupe de cavalier m'attendait.

Mes hôtes.

Le patriarche se tenait droit sur sa selle.

J'attaquai le premier, mais quel piètre combattant.

– J'ai trouvé un crâne humain à l'intérieur. Qu'est-ce que vous trafiquiez ?

– Il est étrange que vous me posiez cette question. Je suis ici chez moi et je gère mes affaires comme bon me semble. Vous, êtes-vous le bienvenu, ici ?

– Je sais que vous utilisez de l'acide. En revanche, je ne sais pas pourquoi ? Quel trafic faîtes-vous ?

– Vous posez trop de questions, Verdois. Je me ferais un plaisir de vous faire fouetter, si j'en avais le temps. Nous vous avions accordé notre confiance et vous nous avez trahis. Vous n'êtes qu'un usurpateur, Verdois. Et les traîtres méritent la mort.

– Tout cela ne repose que sur un affreux quiproquo.

– Nous vous donnons cinq minutes.

– Quoi ?

– Ne comprends-tu rien, imbécile ?, s'écria sa femme, hargneuse.

Dans l'absurdité d'une telle situation, ne subsistait que la dénégation mentale, le refus du chaos, l'insupportable certitude de ne pas s'en sortir vivant.

– Nous aimons le gibier intelligent. Quel animal peut être aussi fin et rusé qu'un être humain ?, continua-t-elle, le visage en feu, pressée d'en découdre. « Aucun sanglier, aucun cerf, aussi retors soient-ils, ne peut nous offrir cette jouissance d'une chasse à l'homme.

– Ils n'avaient pas l'air de plaisanter, les bougres.

– Tu l'as dit.

– Ne nous décevez pas, Verdois, s'exclama le Yougoslave.

– Vous êtes complètement tarés…

Un coup de crosse dans les reins et je tombai à genoux. Les bêtes grognèrent.

– Pas trop fort, Jess. Je veux du spectacle. Je le veux vaillant et fort, prompt à nous rouler dans la farine et assez stupide cependant pour se laisser descendre. Verdois, je vous promets de viser le cœur.

– Je comprends maintenant. Cette tête appartient à un promeneur…

– À des gens, qui n'ont aucun respect de la propriété privée. Je possède plus de mille hectares, Verdois et je n'admets pas qu'on foule mes terres sans permission, tonna-t-il, au bord de l'apoplexie. « Tout intrus est irrémédiablement exterminé. Leurs cadavres ne servent qu'à nourrir nos loups. Ce qui reste est plongé dans l'acide.

– Ces disparitions dans la région, c'est vous, alors ?

– Vous comprenez vite.

– Pourquoi ? Pourquoi ? ? ? N'y a-t-il pas assez de gibiers en Sologne ? Vous l'avez dit, vous-même.

– Que voulez-vous ? La chasse est un sport si exaltant. Malgré cela, le plaisir de canarder son propre poulailler en lâchant des milliers de faisans, de colverts tout juste sortis des cages, tout cela nous lasse. De précieux chasseurs, émérites et habiles, ne peuvent que renouveler le gibier, augmenter les difficultés et multiplier les risques. Les promeneurs sont des proies tentantes. Pourquoi nous priverions-nous d'un cheptel inépuisable ?

– Un jour, cela s'arrêtera.

– Sans doute, sans doute. Cependant, ce qui va prendre fin, c'est notre conversation. Courez, Verdois, courez, ma femme s'impatiente. Donnez-nous de l'adrénaline, faites-nous jouir et je vous promets que vous ne souffrirez pas.

– Nous vous donnons cinq minutes. À la sixième, la chasse est ouverte. Bonne chance, s'écria Marie-Charlotte, aussi excitée qu'une sale enfant capricieuse devant un nouveau jouet dont elle attendait les performances, tant vantées par des prospectus de papier glacé.

Le déclic subtil d'un chronomètre tenu par Jess me consterna.

– Vous n'avez pas le droit, hurlai-je, cloué sur place.

– Vous perdez du temps, Verdois. Il ne vous reste plus que quatre minutes. Prenez de l'avance, abruti, la chasse n'en sera que plus exaltante.

Refuser de bouger et ils me liquidaient sur place. Un claquement de culasse me fit comprendre l'inéluctable.

J'en avais connu des tarés mais à ce point-là…

Le pompon, je te dis que ça.

Décidé à m'en sortir coûte que coûte, je détalai vers la forêt hostile. Je ne savais où j'allais, droit devant moi. À chaque foulée, à chaque enjambée, je m'éloignais de mes bourreaux. Mes chaussures légères, si nécessaires la veille à fouiller les salons, glissaient, s'enfonçaient dans les feuilles mortes, épaisses et glissantes.

Les battements de mon cœur tambourinaient dans ma tête. Toutefois, j'entendis nettement les plaintes des loups.

Ils avaient lâché les bêtes.

Le sol vibrait dans un grondement sourd et lointain. Sans doute, le galop des chevaux. Haletant, les branches des arbustes me giflant pleine face ou plus traîtreusement, dans la nuque, j'essayais de me repérer dans cette masse végétale. L'angoisse annihilait les derniers remparts de ma logique. Je n'étais plus qu'un animal, un cerf aux abois, forcé de décamper pour échapper à l'éventration du Grand Veneur.

– Je le vois à deux heures ! ! !

Déments, humains chassant l'humain, en proie aux délires effroyables de guerriers sans clémence, damnés de la terre, ravalant pitié et raison, les chasseurs se laissaient emporter par le désir violent de tuer, devenant plus fort que tout.

Je me remis à courir, tombant dans les ornières, me relevant prestement.

Une odeur de décomposition et de pourrissement flottait dans l'air. Un remugle si puissant que même le vent frais du matin n'arrivait pas à charrier ce fumet intolérable.

Je jurai en me retrouvant dans le cul-de-sac d'un marais. Sur des dizaines de mètres, la substance mouvante du sol dessinait sous mes pieds de molles ondulations. La boue collait à mes semelles. À chaque mouvement de ma part, je risquais de m'enfoncer dans les profondeurs. Mais les loups, aussi, pouvaient s'y aventurer et subir le même sort.

Je me retournai vers la meute, hésitante. Ni les chevaux tenus par leurs maîtres vigilants, ni les loups – deux seulement cédèrent à leur instinct et dans des tumultes terrifiants, se balançaient en déséquilibre parmi les joncs-, ne franchirent le terrain mouvant.

Ils en firent le tour et déjà, tiraient quelques balles sur moi, me manquant de peu.

Le bruissement d'ailes des colverts, épargnés ce jour par la folie des hommes, alertait mes poursuivants.

Je franchissais à toute allure les fossés remplis d'eau gelée. Jamais, je n'avais couru aussi vite. Excitées par l'odeur violente de mon corps, les bêtes hurlaient de rage. Je les sentais près de moi, prêtes à me déchiqueter dans l'étau de leur gueule.

Brusquement, une douleur enflamma mon flanc gauche, suivie tout juste d'un coup de feu. Mes jambes se dérobèrent. Je trébuchai brutalement contre les racines d'un arbre et m'effondrai.

– Je l'ai eu, je l'ai eu ! ! !

Le cri d'une femme hystérique.

– Jess, retenez les bêtes. Il est trop tôt pour sonner l'hallali.

Grimaçant de douleur, la main en sang pressée contre ma blessure, je me relevai aussitôt dans des plaintes étouffées et me traînai derrière un autre arbre, entouré d'une lande abondante. Un deuxième coup de feu retentit. La balle arracha un morceau d'écorce à quelques centimètres de mon épaule. Je me terrai un peu plus, ne formant plus qu'une boule de chair, conscient que le moindre dépassement de mon corps serait une cible facile pour des tireurs d'élite, affublés d'un viseur laser.

Ces monstres n'hésiteraient pas à me truffer de balles pour en finir avec moi.

Un silence épouvantable pesait sur la forêt. Pas un chant d'oiseau, seulement divers murmures humains, des froissements d'ailes, une envolée dans les branches.

Nous aurions pu rester ainsi des heures, moi, me vidant de mon sang, les loups, rôdant, retenus par les ordres humains, et ces derniers, attentifs à mes mouvements.

– Alors, Verdois, allez-vous bouger ? Ne me dîtes pas que c'est déjà fini. Notre dernier bipède nous a fait courir plus d'une heure, rugit le patriarche. Dois-je lâcher les bêtes ? Vous ne répondez pas ? ? ?

– Non, pas les loups, pas eux.

Je ne voulais pas mourir. Je voulais vivre, vivre. Et pour vivre, je devais courir, courir, courir encore… À perpétuer ma propre peur jusqu'au fracas du projectile dans ma nuque.

Je me relevai en gémissant, repartis de l'avant. Ma démarche était maladroite. Je me retournai. Les chasseurs n'avaient pas bougé, perchés sur leurs montures, les loups près d'eux. Ils attendaient que je m'éloigne, que je prenne du terrain avant de reprendre la battue. Ils voulaient du sport, pas une simple exécution.

Je plaquai ma veste contre ma blessure, tentant de ralentir l'hémorragie, mais chaque mouvement de mon corps provoquait un afflux de sang, une véritable pompe qui giclait en marchant. Au bout d'un long moment, alors que je ne les voyais plus, croyant qu'ils avaient abandonné, mince lueur d'espoir, la terre fut secouée sous leurs pattes puissantes.

Au-delà de toutes mes forces, les nerfs à fleur de peau, buvant le sel de mes larmes, je courai droit devant moi. La Mort me talonnait de près. En aucune façon, elle ne lâcherait prise. J'étais sur la liste fatale, le nom déjà biffé d'une encre rouge.

Subitement, il y eut un ordre dans mon dos.

– Rabattez-le, rabattez-le ! ! !

Qu'y avait-il donc en face de moi ? Le salut ? Je n'osais y croire.

Cela me donna un sursaut de vigueur.

Un coup d'œil me fit comprendre que mes poursuivants ne me laisseraient pas atteindre le nord de la forêt. Ils cravachaient leurs montures essoufflées. Les rafales nourries de fusils-mitrailleurs avaient pris la relève sur les tirs par « à-coup ».

Après le contournement d'une lande épaisse, je compris la raison de cet acharnement suspect.

Une route ! ! ! Ou un simple petit chemin vicinal, truffé de nids-de-poule.

Une bouffée de chaleur m'envahit. Il semblait que les voiles d'un gréement poussaient littéralement sur mes épaules.

Deux cavaliers, Lucas et Gabrielle, apparurent sur ma droite. Ils tentaient de me prendre à revers.

La touffeur des arbres les empêchait de mettre leur plan à exécution. Seuls, les loups se faufilaient et galopaient ferme pour me rejoindre. En ce lieu, il n'y avait pas à attendre de pitié. Dressés pour tuer, habitués à la chair humaine, ils me croqueraient sans délai.

Inopinément, mes pieds glissèrent sous moi. Je m'effondrai dans un grand cri, partant en avant dans une ornière profonde. Cette chute fut mon salut. La route se présentait là, là, à portée de mains. J'aurai baisé la terre si la clique n'avait pas été sur mes talons.

– IL ME LE FAUT ! ! ! IL ME LE FAUT hurlait Leskovac.

Cette harangue me projeta en travers de la chaussée. Les chasseurs tentaient de franchir le fossé, mais les chevaux refusaient tandis que Jess rappelait les bêtes, empêchant certaines de sauter sur le talus.

Les monstres voulaient contrôler mon assassinat et quel meilleur endroit que leur vaste propriété. N'importe qui pouvait survenir à cette heure, un paysan du coin ou une battue voisine que la chasse à l'être humain aurait pu paraître inimaginable.

– Ou alors, était-ce… ?

Une voiture fonçait dans ma direction. Je me mis à crier, à agiter des bras, ruisselant de larmes et de sang, oubliant ma douleur.

L'auto pila sec. Une femme aux cheveux auburn se tenait derrière le volant. Je sautai à l'intérieur, hurlai :

– Démarrez, démarrez vite ! ! !

Dans un long crissement, la voiture partit sur les chapeaux de roues, au grand dam des pneumatiques qui se mangeaient les trous dans le sol.

J'étais sauf. Sauf.

Sauf qu'elle conduisait vite, trop vite.

Je vacillai contre le siège. Des hurlements de loups se mêlaient aux imprécations du Serbe. Je revoyais Gabrielle et ses rictus haineux… Marie-Charlotte, jouant de sa mitraillette… Et mon sauveur… Leurs trois beautés s'imbriquaient les unes dans les autres pour exploser dans un kaléidoscope étourdissant de couleurs sanguines…

CHAPITRE 5

Au mieux de sa mémoire, Victoria Vinskaïa se souvenait de ses deux canaris chanteurs, des malinois de pure race, qui bercèrent les vieux jours de sa grand-mère, au fin fond de la Moldavie, dans la ville ouvrière de Beltsy. La silhouette légère, le plumage jaune doré, avec une petite tache noire au-dessus de la tête, ils savaient maintenir longtemps leur voix cristalline aux accents joyeux dans les registres les plus variés. Des sons ressemblant à l'eau qui ruisselle aux tintements roulés, noués, flûtés, les phases musicales de cet étrange imitateur, si proche du rossignol, rappelaient les mouvements de l'eau avec une netteté touchante.

Deux serins gaillards auxquels l'emprisonnement dans la cage suspendue, au-dessus de la litière du chat, n'avait en rien entamé la puissance de leurs chants, mais avaient pesé dans le cœur de la fillette, éprise de liberté dans un monde qui lui déniait le droit de courir les garçons et de s'affranchir des règles des adultes.

La pauvreté s'oubliait lorsque les malinois poussaient la chansonnette, éblouis par le fin rayon du soleil entre les branches des sapins ou gavés de ces graines, volés à l'étal de l'épicier. Rien ne restait de ces moments difficiles que la légèreté intime et l'abandon fugace de la rêverie.

Un jour, pressée par elle ne savait quel panache, bercée par les histoires de vieilles femmes, à un âge où l'imagination prend résolument le pas sur l'âpre réalité, elle ouvrit la porte de la cage.

Habitués à leur geôle, étonnés de cette soudaine liberté, les oiseaux tardèrent à en franchir le seuil, sautillant sur les perchoirs.

Quand enfin, ils se retrouvèrent sans entrave, ils voletèrent en travers de la pièce de leurs ailes devenues atrophiées par la promiscuité. Tant et si bien qu'ils se fracassèrent la tête contre les murs et se jetèrent dans la gueule du matou qui, depuis toujours, avait rêvé de les croquer…

De ces malinois qui n'avaient su goûter jusqu'au bout aux joies de la liberté offerte, Vic se sentait aussi fragile qu'un serin, embarrassée qu'elle était par des années de souffrances et de misère.

Ainsi que faisait-elle à l'arrière de ce « quinze tonnes », sur la couchette étroite de la cabine, à se faire peloter par le chauffeur en échange d'une vague promesse de la ramener en Moldavie ?

Trop de choses subites avaient bouleversé son existence. L'affranchissement de sa condition, une liberté prise à bras le corps, au grand dam des « proxos »... Et la fortune, enfin.

La fortune.

Riche, elle était riche de l'argent d'un autre, d'un caïd corse trafiquant dans les machines à sous et les putains. Plus de trois cent mille euros d'argent sale, aux liasses soigneusement glissées dans la doublure de son faux vison. Assez pour refaire sa vie, ailleurs, loin, très loin.

Malgré cela, elle agissait comme elle l'avait toujours fait, poussée par la pauvreté, sans autre recours que l'exploitation de son corps pour s'offrir des séances de cinéma à douze ans dans la cabine du projectionniste ou arrondir les fins de mois de la famille, à quatorze avec les soldats en permission.

Comme les malinois de son enfance, dans les carcans impitoyables d'une sexualité imposée, réduite à l'état d'animal et de chose, elle ne savait saisir les opportunités qui se présentaient à elle. Inlassablement, tel Sisyphe et son rocher, elle retombait dans les lacunes d'un destin lamentable, sans pouvoir démêler l'écheveau de sa malchance.

– Laisse-toi faire, grogna l'homme, en russe, une main pesante sous son corsage.

Ne se sentant pas de forces, Vic luttait vainement, sans trop y croire.

Blonde, plutôt petite, boulotte, elle n'aurait jamais dû se retrouver sur cette aire de transit pour les routiers dans la banlieue lyonnaise en bottes hautes, son maxi manteau ouvert sur sa mini-robe moulante de cuir noir.

Elle n'aurait jamais dû monter dans ce camion en partance pour l'Ukraine. Elle n'aurait jamais dû dire au chauffeur qu'elle n'avait pas de papiers et que le passage des nombreuses frontières poserait problème, qu'il serait obligé de la dissimuler, qu'il deviendrait son *krycha*, son protecteur.

Vic comprenait qu'il voulait sa part, que rien n'était gratuit en ce bas monde mais fallait-il à chaque fois, écarter les cuisses pour obtenir la moindre faveur ? Ne pouvait-elle pas accéder au bonheur sans monnayer le chemin de son sexe ?

– Attends, j'ai de l'argent, je vais te payer, dit-elle pendant qu'il bougonnait dans son cou.

– Tout à l'heure…

Il s'appelait Zoran Lovaskoff, travaillait pour une société d'import-export ukrainienne et vivait en Russie à la lisière de Gorki quand ses rares vacances lui permettaient de rejoindre sa femme. Les cheveux longs, une barbe de six jours, il empestait une transpiration aigre, tenace, récurrente. Il l'embrassait sans tendresse, imaginant sans doute que cette passade avec une fille ne serait qu'un accessit à sa solitude sur les longues routes d'Europe.

La langue de Zoran dans sa bouche, elle écouta la pluie tambouriner contre le toit du camion, laissa son esprit voguer vers les contrées de sa jeunesse.

Avec ses faux airs de « Bridget Jones » et sa naïveté ardente, fille d'un soldat de l'armée russe dont la maigre solde obligeait à divers trafics, son rêve de comédienne s'était transformé en cauchemar lorsqu'il avait fallu se plier aux caprices des directeurs de casting et aux nuits interminables dans des boîtes à striptease de seconde zone.

Victoria se souvenait par cœur des films tournés dans le studio *Buciumul* du cinéaste Tudor Tataru et des innombrables œuvres locales telles *Mos Ion in cosmos* ou *Rapsodie chisinaueana* ; des longs-métrages occidentaux où l'opulence des décors se disputait à la magie époustouflante des stars mondiales. Elle s'était laissé charmer par les promesses d'un soi-disant cinéaste russe, de ces nombreux cadeaux, de nuits amoureuses dans les grands hôtels, de *karrousel* échevelés avec l'équipe technique. De *karrousel* signifiant vulgairement « festivités » ou « partouze », rien d'extraordinaire dans ces séances ressemblant plus à de sombres tournantes pour obtenir un petit rôle dans une œuvre classée X qu'au défilé anodin de mannequins anorexiques sur des yachts battant pavillon norvégien.

En lieu et place des plateaux de cinéma moscovite, la toute jeune femme connut les salons de massage dans les faubourgs de Moscou. Elle réussit à s'échapper, fut reprise, placée dans une maison d'abattage en Turquie, vendue en Roumanie, conduite en Serbie, prostituée au Monténégro, avant d'arriver en France et d'être remarquée une nuit de Noël en body string, nipple-chains et talons hauts sur la plate-forme d'un peep-show, par Andrea Kovaci dit « Dédé-le-Déjanté », proxénète albanais, réputé pour sa grande cruauté et sa mainmise sur le monde des affaires crapuleuses.

Cette accumulation de tragédies forgea la jeune femme dans la certitude de n'être que le substrat malfaisant du vice. Exister entraînait immanquablement d'autres désordres dont elle payait au prix fort les conséquences inéluctables.

La mort seule aurait pu mettre un terme à cette déchéance. Toutefois, elle n'avait jamais eu la force de se trancher les veines, même aux pires heures des maisons d'abattage en Lombardie ou sur les chantiers dans le sud de la France. Quelque chose de vital en elle, de précieux expédients puisés au tréfonds de son âme ou dans les soirées de beuveries, l'avait propulsée sur le chemin tortueux d'une espérance infime.

Celle de se libérer du poids de ses chaînes et retourner au pays.

Telles furent ses leitmotiv dans un monde extrêmement violent. Vivre et écarter les jambes, danser et baiser, dormir si peu et travailler dans les recoins de cité-dortoirs dont elle n'avait que les caves pour cachettes et les cages d'escalier pour refuges, les banquettes arrière des voitures volées et les squats nauséabonds de la périphérie. Voilà ce que fut sa vie et son enfer pour un bout de pellicule promise et l'espérance d'une vie meilleure.

Vic posa ses mains sur la poitrine velue de l'homme. Ses mains troussaient haut sa robe. Elle ne cherchait plus à le repousser. Autant en finir tout de suite.

La sonnerie modulée de son portable, incessante, perturbante, n'interrompit en rien la gestuelle de son amant qui, d'autorité, avait sorti son chibre et l'agitait sous son nez sans distinguer en elle le moindre intérêt.

Emporté par cet élan si difficilement maîtrisable, cette incontrôlable pulsion où l'humain entrait de plain-pied dans le chaos animal, Zoran voulut l'empêcher de bouger, la maîtriser au coin de la couchette, l'assommer peut-être. Toutefois, avec une vigueur insoupçonnable, Vic désarçonna son présomptueux cavalier qui tomba à ses pieds.

Elle sortit le téléphone de son petit sac et ouvrit le clapet.

– Da ?

Pendant que Vic attachait son esprit à entendre la voix dans le mobile, les mains impatientes de Zoran s'acharnaient sur ses dessous avec l'impétuosité brutale des mâles déroutés, aveugle de la douleur des autres.

– Key ? C'est toi ? Mais où es-tu ?

Key, la meilleure amie que l'on pouvait trouver sur le terreau de la désespérance. Key, la seule qui sut la consoler lorsque les coups pleuvaient drus au sortir d'une orgie mémorable. Key, l'unique amante pour des étreintes discrètes sous les couvertures, dans la honte fugace des plaisirs saphiques, parce que les hommes les dégoûtaient et qu'elles ne pouvaient plus s'en défaire, réduites toutes deux à de seules ouvertures béantes.

Elles s'étaient quittées brusquement, les manteaux pleins de billets, sans promettre de se revoir, conscientes que le destin qui n'avait jamais été tendre pour elles, pouvait bien leur jouer un mauvais tour et remiser à plus tard leur ticket de sortie.

Vic comprit aux quelques mots échangés que son amie vivait des moments très désagréables.

– D49 ? Avant Orléans ?

Après leur « évasion », Vic et Key s'étaient séparées, Vic continuant par le train. Elles auraient pu rester ensemble, mais la présence omniprésente de Verducci avait perturbé leur plan initial.

Leur avidité à toucher le maximum du pactole les avait poussées à jouer une partie solitaire tout en se promettant de s'entraider en cas de pépin.

Et le « pépin » de Key semblait être un véritable noyau atomique, du genre à envoyer balader toutes les bonnes résolutions de la terre entière.

Mais comment rejoindre son amie ?

Zoran ?

– Il ne serait pas facile à duper sans y laisser quelques plumes, pensait Vic, consciente des extrémités dans lesquelles elle promettait de culbuter pour arriver à ses fins.

Néanmoins, transportée par la lucidité des malinois à qui une petite fille offrit une liberté « casse-gueule », la jeune femme se devait de la jouer finement si elle ne voulait pas retomber dans les griffes d'autres matous, aussi coriaces et que l'attrait d'un joli cul sans défense mettrait en transes dans les tintements prometteurs des tiroirs-caisses.

– Qu'est-ce que tu fous ?, éructa-t-il pendant qu'elle revenait s'asseoir sur le siège passager.

Furieux, il se projeta sur elle, voulut la forcer à regagner la couchette, mais elle se débattit.

Non, il ne serait ni le fossoyeur de sa liberté, ni le désenchanteur de son avenir.

Des gyrophares tournoyant dans la nuit tombante les figèrent tous deux dans leur lutte.

Une patrouille de police maraudait entre les camions.

Profitant de son désarroi, Vic prit la lanière de son sac et sauta à bas du Kenworth. Elle sentit sa main dans ses cheveux. Il n'eut pas le temps de la rattraper. Souple, penchée à demi, elle trottina entre les mastodontes et se fondit dans la nébulosité.

Rien n'offrait de prise au regard si ce n'étaient les silhouettes gigantesques de ces animaux de ferraille endormis, déchiquetées par les lampadaires. La fraîcheur du vent d'automne hérissant le grain de sa peau lui fit réaliser l'impensable.

Dans sa précipitation, elle avait oublié son précieux manteau dans la cabine de Zoran.

Revenir vers l'Ukrainien avait un prix.

Livrée à elle-même, sans papiers, entrée illégalement en France par convoi exceptionnel avec d'autres immigrées sur une petite route de montagne, elle se soumettrait en cas de contrôle d'identité à un séjour en centre de rétention. Ce qui n'arrangerait en rien ses affaires.

Hésitante sur la conduite à tenir, Vic revint vers le camion de Zoran. La patrouille semblait avoir passé son chemin.

Elle fit un bond sur elle-même. Un vacarme étourdissant avait rompu le faux silence de l'aire d'autoroute. Le V 10 ronflait de toute la puissance de ses six cylindres. Interdite, fascinée, Vic regarda le Kenworth filer vers la sortie.

Poussée par une énergie brusque et hors de contrôle, elle bondit et courut ventre à terre. Elle sauta sur le marchepied quand le Kenworth freina aux abords d'un rond-point.

– Tu croyais te débarrasser de moi ? ? ?, cria-t-elle, en le rejoignant dans la cabine.

Elle se pencha en arrière et saisit son long manteau, tâta le fond des poches. Tout était là.

– Emmène-moi dans le Nord, vers Orléans. Un simple détour. Je te payerai.

– J'ai de la marchandise à l'arrière. Mon patron attend, s'écria-t-il, furieux.

Vic pensa à raison qu'une liasse de billets de cinq cents euros le convaincrait. Elle fouilla dans une poche, se contorsionnait afin de saisir le précieux papier, soigneusement disposé dans la doublure.

Intrigué par son comportement, le Russe lui arracha violemment l'habit. Elle se débattit, hurla. Il la frappa d'un uppercut du droit qui l'envoya rouler contre la portière. Abasourdie de douleur, Vic sentit des larmes baigner ses yeux, son souffle devenir rapide, sa bouche se remplir de sang.

– Tu m'avais caché tout ça ! ! !

Deux, trois liasses, énormes, ficelées de gros élastiques marrons, gisaient sur le tableau de bord du camion. La valeur fiduciaire n'en était que plus étourdissante pour de petites gens, réduites au labeur quotidien et au système D, aux trafics et aux fins de mois difficiles.

– C'est à moi… Tu n'as pas le droit, gémit-elle, désemparée.

Zoran la prit par les cheveux et cala son visage mouillé contre le sien.

– Qu'est-ce que tu viens de dire, batoutchick ?

– Je ne suis pas une putain…

– Je m'en fous. T'es ce que tu veux. Allez, dégage, sors de mon camion. Dégage ! ! !

Figée par une rage muette, cherchant l'objet qui aurait pu neutraliser son compagnon, Vic le vit descendre du camion, le contourner en de grandes enjambées, ouvrir la portière. Il la fit descendre rudement.

Elle roula sur l'herbe rase, mais se relevait déjà, s'agrippait pour remonter, ses vociférations de fille saoule, cabossée par la vie, se mêlant au rugissement du puissant diesel.

Dévorée par son avidité de revanche, elle vit son manteau sur le siège passager, tendit le bras, saisit un pan qu'elle tira vers elle. Zoran freina brusquement, voulut défendre son nouveau bien mais emboutit la remorque à l'arrêt, garée le long de la cafétéria.

Le temps de descendre et de s'expliquer avec le chauffeur scandinave et Vic avait filé.

Soudainement harassée par cette lutte infernale de laquelle elle s'était heureusement sortie, la fille s'apparentait à une droguée en manque, les talons aiguilles de ses bottes claquant le bitume mouillé au rythme d'une déambulation chancelante.

Il ne lui manquait plus qu'un contrôle d'identité pour parachever l'épisode.

À cet instant précis, la patrouille de police sortait du parking et se dirigea vers le rond-point où elle se tenait, chandelle improbable, luciole abandonnée au cœur de la nuit.

Chapitre 6

Max avait déniché un vieux paquet de Camel dans la poche de son jean et grillait nerveusement une fin de mégot à la cendre fumante. La petite voix dans sa tête, constante, omniprésente, ruinant ses espérances de raison, il cherchait à la contourner, l'oublier, feindre son existence.

Mais César avait depuis longtemps pris possession de son mental et telle une tumeur maligne, en laminait les fondements.

– BOUGE-TOI ! ! !

Max trouva la jeune Noire, assise sur le bidet. Il vit qu'elle avait pleuré.

– Où est mon whisky ?

– Je l'ai oublié en bas.

Elle le regarda puis baissa les yeux. La tranquillité de son existence passait par la soumission et cette fausse appréciation de l'humanité. Les hommes comme Max, avides d'argent, se flattaient de « dresser la femelle » sans se rendre compte de leur propre ineptie. Rien ne les changerait tant que l'appât du gain motiverait leur comportement, limiterait leurs réflexions et neutraliserait leurs craintes.

– Elle se fout véritablement de toi ! ! ! Tu m'entends, Max ? ? ? Une bonne raclée, elle en a bien besoin.

– Tu te fous de moi, c'est ça ? ? ?, hurla-t-il, méconnaissable de rage fiévreuse.

– Non, Max, je te jure.

– Tape-la. Allez, tape-la, elle le mérite ! ! !

– Je ne sais pas ce qui me retient de te foutre une raclée , bougonna-t-il.

– Mais qu'est-ce que tu attends, imbécile ? Bousille-lui la gueule. Elle ne mérite que ça, la pute… Allez, tape, tape, tape ! ! !

Il s'imagina lui prendre les cheveux, une poigne solide dans les tresses nouées et tirer en arrière, lancer son poing à toutes volées contre la dentition éclatante avec la violence destructrice d'un marteau-pilon. Détruire ce qui pouvait être détruit. En finir avec cette plastique qui ne cessait d'aiguillonner son bas-ventre.

Mais ce ne fut qu'un élan improbable, un caprice de son esprit, un louvoiement de sa raison.

Il préféra rebrousser chemin avant de faire des bêtises dont il pourrait regretter plus tard les conséquences irrémédiables. Non pas qu'il affectât des sentiments de tendresse pour cette fille, mais après tout, elle représentait un fonds de commerce non négligeable.

Une pute, ça s'entretient.

Il claqua la porte et gagna le rez-de-chaussée aux lumières éteintes pour se servir un scotch au bar.

– Cette meuf ne t'attirera que des ennuis.

– César, tu fais chier, hurla-t-il dans le silence de la grande bâtisse.

Les trois quarts d'un mauvais whisky et un joint de cette herbe mexicaine aux effets psychoactifs ravageurs eurent raison de sa brève lucidité. Dans les méandres de ses pensées confuses, il se souvenait brièvement de la chasse, d'une battue mémorable où le gibier, véloce et intelligent, avait frisé une mort certaine.

Sauvé in extremis…

Toutefois, au-delà de ces images morcelées, le souvenir récursif d'une femme le hantait.

Une belle femme. Les formes pleines. La peau laiteuse. Les cheveux acajou.

– Comme un chaperon rouge.

Max tressaillit.

– Un chaperon rouge ? Mais qui est le loup dans cette histoire ? Sûrement pas moi…

Il se massa lentement les tempes pendant que de sa bouche entrouverte, un sifflet de voix accompagnait le chuintement du radiateur.

Tout revenait en mémoire telle une vague énorme dont il n'arrivait pas à endiguer le flot, une sorte de tsunami destructeur dont il ne contrôlait ni les effets ni les causes.

– Oui, maintenant, je me rappelle… Une femme aux cheveux rouges. Vaniteuse et impudente. Sensuelle et extraordinaire. Une amante extraordinaire, possessive et guerrière. Une combattante du sexe.

Mais cela faisait-il partie de son histoire ? Il n'en était plus vraiment sûr.

De son passé, sans doute. Un épisode récent dont il n'arrivait pas à fixer une date, mais auquel il lui semblait attacher une grande importance.

Ce fantôme féminin le taraudait tant et si bien qu'il ne sut se résoudre à l'abandonner dans un coin de son esprit. Il ne se sentait ni la force ni l'envie de refuser cet élan et préféra tremper résolument dans le bain de Jouvence qui le rajeunirait de quelques jours, de quelques mois.

Tout revint lentement en mémoire… ou le croyait-il dans sa douce folie.

Il médita, entre deux gorgées de whisky, ce qui suivait :

Lorsque je me réveillai, mon premier sentiment fut une vague inquiétude, atténuée par la satisfaction d'être vivant.

Un peu de ciel bleu à travers les carreaux d'une petite fenêtre m'indiqua que le soleil rayonnait au-dehors. Couché dans un lit confortable… des draps jaunes… Une odeur de parfum assez fort… Je mis un temps infini avant de comprendre qu'il ne s'agissait pas d'un rêve.

Je bougeai la tête et vis une femme, la quarantaine, plutôt belle, les cheveux couleur acajou, vêtue de rouge. Gilet d'alpaga à même la peau et jupe serrée, découvrant deux genoux ronds sous les bas de soie.

– Le fameux chaperon rouge.

– Je ne te le fais pas dire.

– Salut, me dit-elle, ingénument.

Je restai silencieux, l'examinant avec attention. Même si elle ne m'était pas indifférente de par sa beauté et les tournures harmonieuses de son corsage, il y avait quelque chose en elle qui me la rendait insupportable.

Sa façon de me regarder, pleine de suffisance… et le souffle profond de sa respiration, soulevant les globes laiteux de ses seins.

– Tu me reconnais ? Non ? Tu ne te souviens pas de moi ?

Je touchai mon torse. Il était nu. Comme le reste d'ailleurs.

Une bande Velpeau maintenait ma poitrine de part en part.

– Je me suis permise, dit-elle, en réponse à mon regard interrogateur.

Ses yeux brillaient de lueurs incandescentes. Ses lèvres luisaient de la salive, déposée par sa petite langue rose, aperçue à la dérobée dans le mouvement discret de sa bouche.

Un éclair fulgurant dans ma tête me donna la migraine.

D'immenses loups me poursuivaient à travers la forêt… Des cris de rage… Des coups de feu… Des crissements de pneus…

Peu à peu, je me remettais en mémoire un passé douloureux.

– Oui, bien sûr, tu… tu es… celle qui m'a pris en stop sur la petite route.

Je regardai autour de moi.

– Je ne suis pas à l'hosto ?

L'inconnue se fit mystérieuse. Elle approcha son visage du mien, si près, si proche et me répondit, la voix très basse et le souffle chaud, battant mes lèvres serrées :

– J'ai cru bien faire en t'évitant l'hôpital. Je ne crois pas que tu serais heureux de répondre à un interrogatoire en règle face à des policiers suspicieux. Tu comprends ce que je veux dire ?

Je fis l'idiot.

– J'ai été surprise de découvrir une telle somme d'argent dans les coutures de ta veste. Combien ? Cent mille ? Une jolie somme.

– La garce ! ! !

Elle me coinçait. En d'autres occasions, je lui aurai foutu une raclée. Les nanas, ça ne parle pas comme ça ! ! ! Mais je n'avais pas vraiment le choix.

Alors, je me taisais. Je l'écoutais asséner ma sentence avec la détermination du condamné à mort, persuadé de s'en sortir sans trop de dommage.

– Au fait, je me présente, je suis Mélanie, me dit mon bourreau.

– Max. Que comptes-tu faire de moi ?, demandai-je sur le qui-vive.

– Continuez à te soigner. Un vétérinaire a extrait la balle. Il ne dira rien, c'est un ami. Ce qu'il te faut, c'est du repos, une bonne convalescence, avec une infirmière toute dévouée, dit-elle, en jouant avec le premier bouton de son gilet. Alors, raconte-moi ce qui s'est passé ? J'ai hâte de savoir. Tu t'es fait tirer par des chasseurs maladroits ?

– Pire que ça. Des salopards qui chassent l'homo sapiens, en plein cœur de la Sologne, ça te dit quelque chose ?

– Jamais entendu parler.

– Et en plus, ils utilisent des loups dressés pour tuer.

– Des loups en Sologne ? Ils ont été exterminés à la strychnine à partir de 1880 et le tout dernier a été éliminé dans la forêt de Bruadan dans les années cinquante.

Je préférai ne pas répondre. Mon histoire pouvait paraître si farfelue que moi-même, je n'aurai pas cru le fou qui me l'aurait relaté.

– Il faut que j'appelle des amis.

– Pas de téléphone ici et les portables ne captent pas. Il faut aller en ville, rétorqua-t-elle, avec une brusque froideur.

J'avais la désagréable sensation de ne plus avoir mon libre-arbitre, d'être à la merci de cette demoiselle effrontée. Et cela, je ne le supportais pas.

Dans un élan subit dont je n'avais pas deviné l'amorce, digne d'une Furie, elle se pencha pour me plaquer ses lèvres contre les miennes et fourra une main entre mes cuisses.

Je sautai quasiment sur place.

Que croyait-elle ? Je n'étais pas la catin que l'on pouvait renverser en travers d'un lit et prendre à la hussarde, comme toutes les noiraudes que j'avais convoyé d'Afrique pour les « boxons » d'Europe de l'Ouest.

Toutefois, homme de peu de morale, mâle jusqu'au bout du pénis, je ne sus que répondre à son appel et tombai dans le piège qu'elle me tendait, aussi résolument que l'Adam du Jardin d'Eden, répondant à son instinct de corruptible.

Ma main se posa sur un de ses genoux et je commençai à remonter la pente douce et gainée de soie pendant que mon émotion devenait plus palpable dans les mains de la belle enjôleuse.

Pendant ce temps, nos lèvres s'égaraient sur le chemin prometteur de nos futures étreintes. Rien ne semblait pouvoir arrêter nos pulsions ravageuses.

Brusquement, une poigne solide tomba sur mon poignet.

Déconcertante, elle éclata d'un grand rire charmeur, se dégagea avec l'aisance de celle à qui l'on ne contait pas deux fois la même histoire.

– Je crois que nous allons bien nous amuser tous les deux, s'exclama-t-elle, le regard éclatant de mille feux dangereux, dans lequel j'aurai pu m'y consumer sans attendre.

Habile à me duper, aussi souple qu'une liane, elle filait déjà vers la porte.

– Les toilettes sont à côté. Repose-toi, Max, tu es ici chez toi.

Peu à peu, je repris des forces, non dans l'inaction mais dans un exercice quotidien et bienfaiteur.

Car nous fîmes beaucoup l'amour. Tout ce qu'il y avait de plus hygiénique. Pas de sentiments. Rien d'autre qu'une seule résultante : nos sexes. Jusqu'à plus soif, les bouches sèches, les lèvres lourdes.

Sans autre contrainte que la sienne.

Impatiente et gourmande, elle exploitait ma virilité… comme j'avais profité sans état d'âme des exilées, des immigrées sans papiers, livrées dans la jungle urbaine, dont nous faisions nous-mêmes les lois et appliquions les châtiments.

À peine conscient d'être dans la peau d'une des leurs, je me laissais aller aux délices d'une vie sexuelle ardente.

Toutefois, au fil des jours, à mesure que je me rétablissais, jouet sexuel de cette femme énigmatique, je vins à me lasser d'un traitement devenu monotone dans lequel j'avais perdu mon intégrité, cette part de soi-même dont on tient par-dessus tout, mais qu'il est si tentant d'ôter à nos semblables, par la force ou la persuasion.

Un jour, après qu'elle m'eut quitté, je franchis le seuil de ce couloir étroit, bas de plafond, comme sous la charpente d'une vieille bâtisse. La porte verrouillée m'empêcha d'aller plus loin. Je tambourinai. Tout était clos.

Lorsque Mélanie revint pour le dîner avec un plateau-repas somptueux comme à l'ordinaire, du haut de ses talons hauts, drapée de sa nuisette avenante sous laquelle elle m'offrait résolument ses fruits les plus avantageux, je lui en fis aigrement le reproche.

Elle eut une mine attristée. Je sentis une légère déception. Cela m'enhardit.

Elle ne m'intéressait plus. Rien ne me captivait autant que la diversité des femmes et les plaisirs de la chair. Aucune émotion du cœur. Rien d'autre que les joies du pénis.

– Que vas-tu penser, mon chéri ? Simple distraction de ma part. Tu peux sortir quand tu veux.

– Alors, c'est maintenant. Ouvre-moi la porte. OBEIS.

Je la giflai à tour de bras. Il me semblait retrouver ma dignité en la rabaissant.

Méconnaissable, les yeux injectés, elle se massa lentement les joues et me fit comprendre qu'elle ne me pardonnerait jamais cela.

Elle déverrouilla la porte. Je découvris un escalier en colimaçon.

Un œil-de-bœuf bâillait dans le mur, découvrant une forêt, et sur le côté droit, en partie dissimulée par d'autres arbres, se dressait avec son toit pointu et ses mâchicoulis, un donjon crénelé, dévoré de lierre sauvage, ébouriffé par un vent violent dont je devinais la vigueur à travers les vitres disjointes.

– Un château ?

– Pourquoi pas ? Ils étaient si nombreux en Sologne.

Je continuai à descendre l'escalier. Mélanie me suivait. Ses escarpins claquaient comme un sinistre présage.

Je me retrouvai devant une autre porte.

Jamais, je n'aurais dû l'ouvrir.

J'aurai dû rester sagement dans ma chambre à me faire dorloter par mon impétueuse maîtresse. On aurait continué à baiser, tranquille, avec cette innocence douillette des amants, convaincu de la bonne marche à suivre : cunnilingus + fellation + capote = coït peinard.

Pourquoi chercher plus loin l'inaccessible et ne pas se contenter de la banalité fulgurante de la vie ? Pourquoi toujours plus ?

La satisfaction légendaire de l'être humain, en somme.

Avant même de franchir l'entrée, je compris l'insoutenable vérité.

J'avais été floué de bout en bout.

Devant moi, loin de la pâleur du jour éclairant l'étroit corridor, la magnificence d'un vaste escalier s'étalait dans l'éclat lumineux d'un soleil prépondérant. Je reconnus le dessin subtil de la rampe de fer, les tentures de velours moiré et les fresques héraldiques sur les murs en pierre de taille.

Je me retenais au mur pour ne pas vaciller.

J'étais de retour au château…

LE CHATEAU DES LESKOVAC.

Mais l'avais-je seulement quitté ?

C'était à ne rien y comprendre.

Alors que j'avais cru être sorti de ce cauchemar hallucinant, la terrifiante réalité me happait, tel un pantin désarticulé par les affres d'un destin effroyable.

– Et Mélanie. Qui était cette impétueuse Mélanie qui avait si bien pris soin de moi ? ? ?

– Descends, maintenant, profite du spectacle ! ! !

Debout, au-dessus de moi, cette dernière, quasiment nue sous sa chemise, arrogante et fière, me titillait les reins du bout de ses escarpins.

Un à un, tous les Leskovac en tenue de chasse, verres d'alcool en main, souriant d'une dernière plaisanterie glauque, se rassemblèrent au pied de l'escalier.

Je m'effondrai sur les marches.

– Qu'est-ce que nous allons faire de lui ?, demanda Gabrielle, en sirotant son éternel Porto, avec sa figure de vieille bourgeoise vérolée .

– Puisque ta mystification vient de prendre fin, Mélanie – je te l'avais dit que cela ne marcherait pas-, alors, je propose que nous le lâchions devant nos loups.

– Il n'est pas assez rétabli, rétorqua mon amante, en rejoignant la cohorte. Son père lui tendit un manteau dans lequel sa nudité marmoréenne, telles les statues antiques de temples détruits, disparut dans les pans de la fourrure ocre. Elle me regarda à la façon d'une déesse outragée. Je sus qu'elle allait me frapper.

Cela ne tarda pas.

Il y avait quelque chose d'irrémédiable dans ses yeux lumineux. Une sorte de désir brutal, insondable, meurtrier.

– Tu aurais dû rester dans ta piaule. Pourquoi tu as tout foutu tout en l'air ? Maintenant, y a ma soeurette qui va vouloir sa part.

– Et comment ! ! !, rugit Marie-Charlotte, cramoisie d'une colère dont je ferais plus tard les frais.

– Alors, que fait-on ?, cria Grégoire qui, dans l'emportement vulgaire de ses filles, venait de perdre cette attitude flegmatique, élégante dont il s'entourait tel un vernis improbable, dorénavant craquelé, à l'état d'émiettement.

– On continue sa convalescence. Puisque « monsieur » n'aime pas le décor de sa chambre, on va lui faire goûter aux joies du cul de basse-fosse. C'est un peu humide, chéri mais tu t'y feras, rétorqua ma maîtresse, avec une voix d'outre-tombe.

Des claquements de pas rapides dans le hall les interrompirent. Lucas, le palefrenier, arrivait à vive allure.

– Le gibier est là, Vos Excellences, trois bipèdes qui n'attendent que vos balles. Un couple et un enfant, oui, un gosse. Jess les tient en joue. Dépêchez-vous. Une ruse est toujours possible.

Instantanément, les visages rayonnèrent d'une joie malfaisante. Ils piaffaient d'impatience d'en découdre.

Mais quelles sortes de maquerelles, issues du pire vomi de la civilisation, avaient pu enfanter de semblables monstres ? Car rien ne semblait arrêter leur sinistre jubilation.

– Qu'il ne tire surtout pas, il nous les faut vivant, tonna l'amphitryon, poussé par l'exultation implacable de ses compagnons.

De ces têtes humaines, paraissaient pointer des oreilles… Des bouches… Des gueules de loups… Des dents… aiguisées…

Devenais-je fou ? La terreur me faisait-elle prendre… d'effroyables chasseurs pour des… lycanthropes ?

Puis il se tourna vers moi : « Vous voyez, Verdois, les promeneurs du dimanche, les fouineurs et les braconniers viennent rejoindre la gamelle de nos loups avec autant de célérité que les rats devant une souricière.

– Rainer ! ! ! Rainer ! ! ! Où est-il cet abruti ?

Plus tard, Rainer, enfin déniché dans le cellier à vider une bouteille de grand cru, m'attachait les mains dans le dos et me poussait dans les profondeurs de la terre, son haleine avinée battant ma nuque.

Désespéré, il me paraissait évident que cette chute fut sans retour.

CHAPITRE 7

Après que Max l'avait quittée et rejoint le bar, Key se sentit soulagée du fardeau de sa misère. La crainte fichée en elle à l'idée de recevoir un mauvais coup, une raclée gratuite, une volée de gifles, pour le seul et bon plaisir du maître, la tenaillait si fort que la moindre minute gagnée paraissait un exploit ou une gageure.

Lasse d'être toujours sur le qui-vive, avec cette froide certitude d'être déjà morte avant son propre trépas, la jeune femme s'abandonnait parfois dans une résignation morbide, conséquence des épouvantes qui l'accompagnaient depuis son départ d'Afrique.

Rien ne l'avait prédestinée à de tels effrois. Ni une enfance douillette en Haute Casamance dans le Nord du Sénégal avec son frère Abdullah, ni une éducation bourgeoise dans le quartier chrétien de Dakar auprès d'un père veuf, noble respecté, unique descendant d'une dynastie royale, propriétaire de nombreuses officines pharmaceutiques à travers le pays.

Si la fille s'était destinée à une carrière de médecin et travaillait épisodiquement dans une des pharmacies de son oncle, apprenant à manier les potions et préparations magistrales, le garçon vira tôt à la délinquance et fit le malheur de ses aînés à chacune de ses frasques.

Le continent africain attirait son lot de malfrats locaux que la misère et l'analphabétisme rendaient ambitieux et violents.

Tel le florissant trafic d'organe, enrichissant les plus téméraires. En Tanzanie, on offrait trois mille dollars pour un cadavre frais ; en Afrique du Sud, deux à trois mille rands pour un rein ; au Nigeria, deux cent mille FCFA pour un litre de sang humain.

Abdullah s'enfonçait si bien dans le déni d'humanité et le crime qu'il vendit sa sœur à un trafiquant nigérian lors d'une partie de poker, sur la foi de photos d'amateurs, dévoilant une belle liane souple et sensuelle de quinze ans, d'un mètre soixante-dix-huit, en maillot de bains échancrés, sur la plate-forme d'un bateau de pêche, aux larges des côtes de Saint-Louis.

A l'issue d'une nuit fatale dans une boîte de nuit crapuleuse, Keyza, cagoulée, ligotée, fut convoyée avec d'autres de ses malheureuses consoeurs africaines à travers la Somalie et le Yémen.

Une croisière innommable à fond de cale dans un cargo et des périples nocturnes à dos de mulets sur des chemins de contrebandiers en Ex-Yougoslavie, des haltes dans des cavernes infestées de scorpions, sous la surveillance constante de gardes brutaux, lui firent connaître le plus grand centre de contrebande de Bosnie-Herzégovine, le terrifiant « Arizona Market » de Brcko, réputé pour la diversité de ses étals.

Un authentique « supermarché » où de l'uranium enrichi aux têtes nucléaires, des voitures de luxe volées aux livraisons d'héroïne pure, en passant par les œuvres d'art dérobées dans les musées de l'Occident, se monnayent les esclaves du troisième millénaire, des Moldaves, des Ukrainiennes, des Russes, des touristes occidentales enlevées à leurs hôtels ou dans les souks, des Bosniaques vendues par leurs familles dans des villages misérables.

Tout se marchande, de cinq à deux mille euros pour les vierges. Une jeune Noire, belle et vigoureuse peut rapporter quatre mille euros au plus fort d'une négociation.

Dans des mises aux enchères hallucinantes, dévêtues, exhibées comme du bétail à la foire, elles sont vendues à des trafiquants serbes, roumains, albanais, des chefs de guerre du cru et des courtiers d'un genre nouveau, spéculant pour des hommes puissants en Europe, au Moyen-Orient, en Asie.

Plongée résolument dans le monde du sexe, l'adolescente naïve et pudique connut Dubaï et ses salons de massage, la Hongrie et ses studios de cinéma porno puis ce furent l'Italie et les bars à hôtesses du port de Naples, la France et ses maisons d'abattage, perdues en banlieues ouvrières.

Si longtemps à se réveiller avec un inconnu dans son lit, si longtemps à connaître les gueules de bois et les abus de drogue, si longtemps à ravaler ses larmes de honte et de désespoir dans les porches obscurs des immeubles borgnes, si longtemps…

Si longtemps qu'elle se sentait plus coriace que le bois de l'ébène, plus forte qu'un vent de tempête, plus amère que n'importe quel fruit des Tropiques.

Plus de goût à rien…

Sinon à survivre dans un monde impitoyable qui la broyait sans merci, avec le sentiment nauséeux de n'être plus qu'un animal, une chose, une matière, à la fois désirable et méprisée.

Seule, la drogue l'avait maintenue dans un état second.

Elle avait fumé beaucoup trop, avait sniffé ce qui passait sous ses narines, terminé les fonds de bouteille. Pour oublier l'instant ou la nuit passée. Dans moins de dix ans, à moins d'une overdose, elle aurait fini sans papiers dans une cellule de la Santé pour vol à la tire, prostitution et tapage nocturne.

Un jour, la chance était passée par son chemin.

Un espoir inattendu qui viendrait clore cinq ans d'esclavage, cinq ans de souffrance extrême, cinq ans de perdition dans les pattes des monstres qui s'accordaient sans état d'âme, avec la bénédiction d'une société complice, du plaisir tarifé dans des vulves spoliées.

Key se souvenait de ce déclencheur qui lui avait émoustillé l'esprit, lui faire rendre raison quant à sa propre valeur, non-marchande mais tout simplement humaine.

Une simple lueur d'espoir dans la nuit de sa désespérance.

Comme disait un général vénitien, il faut savoir « saisir sa chance par les cheveux tout en sachant que celle-ci est chauve ».

Une nuit, le hasard fit si bien les choses qu'inévitablement, Key s'empara de cette fortune et la prit à bras-le-corps.

Elle se souvenait de tout.

Comme chaque jour, elle attend dans sa chambre qu'on vienne la chercher. Un homme avait toujours besoin d'une fille à un moment donné, au retour d'une baston, d'une fin de journée difficile ou comme ça, pour le plaisir, pour passer le temps.

Ainsi, une quinzaine de femmes jeunes et charmantes, de toutes nationalités, servaient Andrea Kovaci, alias « l'Albanais » alias « Dédé-le-Déjanté », homme d'affaires redoutable et cruel. Le caïd possédait la majorité des peep-shows, bars à putes, cercles de jeux et machines à sous de la capitale et de sa banlieue, régnant sans partage sur un empire cloisonné et ultra-violent.

Investisseur avisé, il blanchissait son argent et ceux de ses associés dans des opérations immobilières, finançait de petits partis politiques et des associations à but non-lucratif, faisait en sorte de paraître respectable aux yeux des médias, tout en menant ses affaires rondement.

– Toujours en train de fainéanter, Blanche-Neige ? ? ? Allez, debout, en piste, ils t'attendent dans le salon, s'exclame Gaby, ancienne maquerelle sur les quais de Toulon, vieille blondasse, reconvertie en garde-chiourme pour les bons offices de l'Albanais.

Gaby malmène la jeune Noire de vingt ans qui supplie sa compagne de l'épauler dans l'épreuve. Elle est vacillante sur ses talons vertigineux, harnachée de dentelles et de froufrous soyeux, parée de bijoux dégradants – spirales d'acier, anneaux dorés, chaînes de main, chaînes de seins, chaînes de pieds, « chaîne de l'âme » , - tout un assortiment qui lui rappelle les entraves de ses ancêtres sur l'île de Gorée, et clinque sur le sombre de sa peau soyeuse.

Gaby n'est pas avare des petites pilules blanches, soigneusement rassemblées dans des sachets transparents. Ces magiques coups de pouce aux épreuves terrifiantes qu'on attendait des filles semblaient être la panacée mais n'étaient rien d'autres que l'élan nécessaire pour se faire culbuter sans trop de dommage.

Il lui faut cela pour tenir le coup.

Achetée par « l'Albanais », via une double revente d'un négociant lybien, la jeune Noire est arrivée un petit matin d'hiver, dans un petit aérodrome non loin de Strasbourg, avec un lot d'autres filles bosniaques. Après des débuts de stripteaseuse dans un bar poisseux de la rue Blanche, des mois de tapins dans un cabaret à touristes près de Roissy et des rôles de figuration dans des pornos sanglants, elle séjourne dans la villa cossue de Kovaci, au fond d'un immense parc, dans le quartier résidentiel de Meudon.

Fasciné par l'ambre de son corps, la cambrure de ses reins et ses longues jambes de gazelle, le caïd en a fait une de ses femmes, celles qui peuplent son « harem privé », renouvelé au gré de son humeur, de ses colères mémorables, cheptel inépuisable, puisé dans les Balkans.

Près de la porte du salon, près d'une Gaby vigilante, Key se trouve nez à nez avec Max Verducci alias « Piou-Piou-les-Petits-Oiseaux », une sorte de Hulot ayant mal tourné et qui dans la solitude oppressante de son bureau, esquisse quelques pas de danse en interpellant des interlocuteurs invisibles. Il claque des mains, suit le rythme improbable d'une litanie que seul, il semble entendre tout en vociférant des insultes transalpines. Au bord d'un canapé, une masse nue aux cheveux tombants, poitrine lourde, épaules basses, dissimule ses larmes dans ses mains tristes.

Il s'interrompt en remarquant les deux femmes près de lui.

– Laisse la entrer, Max. Ils l'attendent, dit Gaby, dédaigneuse pour le cousin de l'Albanais, se vantant dresseur de femelles et n'étant que porte-flingue, gorille à l'occasion, pour les grands jours.

Schizophrène notoire, instable et violent, Verducci n'est fiable que dans le jeu de la brute épaisse et sanguinaire. Il ne dépareille pas de ses autres comparses par sa propension à se faire toutes les filles du « harem », et si possible, sans que son cousin le sache.

Il a pour cette beauté noire, des ondulations épanouies de son corps, de la façon de se mouvoir, une sorte de fascination puérile, une attirance singulière, aiguillonnée par sa cervelle, laminée par ses terribles envies sexuelles. Ne reste rien d'autres que la brutalité fulgurante des coïts dans des chambres désertes, la violence crasse contre des victimes choisies, dérisoires pantins du désordre ambiant.

Resté en dehors du cercle du pouvoir, trop faible pour s'imposer parmi ses pairs, il ne peut rejoindre Kovaci dans la salle voisine et voit dans l'introduction de la jeune femme, une occasion de profiter du spectacle.

Les portes capitonnées assourdissent le déferlement des sons stridents, métalliques, les riffs sauvages de guitare électrique, les breaks de batterie à l'implacable scansion. Les enceintes déversent dans une rage rythmée et saccadée, du « métal » hystérique et virtuose. Les spots déchirent des couleurs fulgurantes, au rythme des diaboliques tempos, des scènes orgiaques de sexe.

Étrange scène surréaliste aux amas de corps chevauchés, plaintes hurlées de femmes blessées sur fond de hard rock déchaîné. Des cuisses, des seins, des fesses. Des pieds qui battent l'air en cadence dans des éclats fulgurant d'éclairs lumineux. Des mains qui supplient, des larmes qui brillent, du sang qui coule. De la nudité, partout. Des éclairs de couleurs, transcendant la violence du lieu.

Les monticules neigeux de poudre blanche forment un relief étrange sur les meubles en bois précieux. Le sol aux tapis persans semble un chaos de jouissance mâle et égoïste.

La MDMA, sorte de métamphétamines, commence à faire ses effets dans le cerveau de la jeune Africaine.

Sa démarche devient plus sûre. Sa tête se redresse. Les battements de son cœur s'accélèrent. La musique gueulée la stimule. Elle déborde d'énergie et enrage de ne pas trouver d'amant. Tout en elle ruisselle d'activité. Elle éclate de rire, bouge son corps au rythme d'une musique époustouflante.

Les monticules neigeux de poudre blanche, pilules et de cristaux transparents forment un relief étrange sur les meubles en bois précieux. Mescaline, Ice, PMA, protoxyte d'azote, YABA… Le sol aux tapis persans semble un chaos de jouissance mâle et égoïste.

Key aperçoit Vic, une jolie fille de vingt-deux ans à l'air mutin, affairée entre trois hommes. De son corps harnaché de dentelle et de tulle, tout en adorables vallonnements souples, mouvant au gré d'une cavalcade furieuse, n'apparaît que sa longue chevelure d'épis chauds et ses larmes. Le viol est silencieux.

Au centre de la pièce, « l'Albanais », chemise débraillée et caleçon à fleurs, porte souvent à ses narines un petit flacon ressemblant à s'y méprendre à des poppers et tire sur son cigare cubain. Il reprend son souffle, titube et du mieux qu'il peut, sert son vieux whisky préféré au « Corse » alias « la Baleine », un pachyderme pétomane, craint pour ses collusions avec le monde politique pendant que les filles hurlent, que les hommes rient, que les enceintes déversent ce rock métallique bruyant et sauvage.

Grand et large d'épaule, géant des Carpates, les cheveux longs filasses poivre et sel, des mains à broyer un crâne, « Dédé-le-Déjanté » respire une force naturelle qui stupéfie généralement son entourage.

Lorsqu'il voit la jeune Africaine, il a un sourire de vainqueur.

– Ah, tu es enfin là, hurle-t-il. Messieurs, messieurs, écoutez-moi . Sa voix ne porte guère dans l'hystérie sexuelle et la tonitruance des accords de guitare électrique, mais il continue, plongé résolument dans son « trip ». « Je vous présente de la viande de premier choix. Voici ma Fée Sauvage, une véritable magicienne de l'Amour… ensorcelante et ombrageuse. Approche, ma douce et montre-nous ce que tu sais si bien faire. » Il la tient par les cheveux. Oui, messieurs, écoutez bien, elle m'a coûté le prix d'une rivière de diamants et je ne le regrette pas.

Il la pousse vers le Corse. Ce dernier l'accueille à bras ouverts lorsqu'elle se cale sur ses énormes cuisses de plus d'un quintal chacune et se met à le couvrir de baisers.

Sur la table basse, gît une valise pleine de billets. La dernière livraison de la « Baleine ». Tiré du trafic de chair humaine et de tout ce qui est monnayable en ce bas monde, cette fortune colossale est destinée à être blanchie dans les cercles de jeux de l'Albanais.

Jamais, Key n'a vu tant d'argent en une seule fois.

Elle croise le regard de Vic et comprend qu'elle-même, aussi, reste subjuguée par la masse considérable de cette livraison.

En rien, elle ne leur est destinée, mais, pourquoi pas, elles se partageraient bien la totalité du million.

– Un million ? Peut-être plus…

– Putain, un million d'euros ! ! !

Les deux filles regardent vers Kovaci qui de son côté, abuse des stupéfiants et de l'alcool. Convaincu des bienfaits du Viagra, il rajoute un ou deux comprimés à son verre de Lagavulin, s'enfonce, gît dans son fauteuil, le sourire figé dans le déferlement métallique des guitares et de la batterie, le regard abruti par le spectacle déchaîné. Sa main repousse sans le vouloir le verre au breuvage mordoré. Il tente de nouveau une approche. Les doigts caressent les parois. Le cristal lui échappe. Il sourit. Les poppers, des nitrites aliphatiques, commencent à faire effet.

Bien plus tard, dans une nuit s'éternisant au-delà de l'entendement humain, il se retrouve avec Key, nue, sur ses genoux et qui s'occupe de lui déboutonner sa chemise en coton égyptien.

– Mais tu en veux encore, ma Jézabel. Tu es insatiable ! ! !, dit-il, heureux.

Il éclate d'un grand rire tonitruant, plonge son regard d'acier dans le sien mais sans en comprendre la raison, se sent osciller sur l'axe branlant de sa déraison.

La dureté du regard contraste avec la bonhomie qu'elle met à le contenter.

Après le départ du Corse et de ses hommes, Kovaci chasse toutes les filles. Il s'enferme dans son bureau et ne veut en aucun cas être dérangé.

Il ne laisse jamais le soin de compter son argent, encore moins à son comptable, un Monégasque véreux, condamné pour faux et usage de faux et qui croupissait dans une cellule de la Santé depuis deux mois.

Dans leur chambre, Vic et Key tardent à se décrasser de la sueur des hommes, fument de l'herbe, boivent du rhum. Les effets des drogues s'atténuent lentement.

Le mobilier sommaire n'est fait que deux lits, une table, deux chaises et un coin douche. Pas de fenêtre, rien qu'une aération au plafond.

– Tu as vu cette masse de pognon. Ça fait rêver, lance Vic, sa tête blonde creusant l'oreiller, un mégot de cannabis coincé entre deux doigts, le regard brumeux.

– C'est peut-être notre chance, répond Key, rêveuse, couchée en chien de fusil sur le lit voisin.

– Notre chance ? ? ? Mais on ne peut pas filer d'ici. On est prisonnière, faut que je te le rappelle ?

– Il y a toujours un moyen.

Un temps de silence où Vic hausse les épaules. Le visage de Key se fait plus charbonneux. Tout son corps se tend et ressemble à un arc tendu.

– Et même, même, si on pouvait, tu oublies Dédé, rétorqua la blondinette.

– Dédé est foutu. Tu n'as pas vu comme il picolait, ce soir. Très mauvais pour son cœur.

– Tu parles, il a ses médocs.

Key ménage son effet en sortant d'une poche de son kimono, un flacon pharmaceutique.

– Qu'est-ce que tu crois ? Que j'aie demandé mon reste pour le plaisir de me faire enfiler ? Tu te rappelles, il y a six mois… Il nous a fait le même coup. Il se croit immortel, le con, à baiser avec des préadolescentes. N'empêche que les poppers et le Viagra, cela ne fait pas bon ménage. J'ai assez bossé dans la pharmacie de mon père pour savoir tout ça. Si je me souviens bien : pris en même temps, les deux contribuent à un mélange de molécules. Ça renforce leur effet hypotenseur et cause une grave baisse de la tension artérielle. La dernière fois, l'hosto l'a sauvé. Nous ne lui donnerons pas cette chance.

– Il appellera Max, son larbin.

– J'ai débranché le commutateur de son téléphone et piqué son portable.

– Mais alors, tu veux dire que…

– Que nous avons notre chance, Vic, notre chance. Il suffit parfois de la provoquer quand elle passe. Il y en a pour peut-être un million et ce million, il est notre dû, après tout ce qu'on a souffert, tu ne crois pas ?

– Je suis d'accord avec toi, Key. Mais comment fait-on pour se tirer ? Il y a des gardes partout dans le parc. Et il y a les chiens, ces foutus Doberman qui nous foutent la chocotte quand ils hurlent à la mort, la nuit.

– Rien à foutre des clébards. On a « PiouPiou ».

– Max ? Tu oublies leur foutu code d'Honneur. Il ne le trahira jamais.

– C'est son larbin, tu l'as dit toi-même. Je sais qu'il en a marre de tout ça. Il rêve d'indépendance. Il veut ses propres filles sur le trottoir, sa propre affaire. Il en est incapable, mais il ne le sait pas. On partage avec lui…

– Tu es folle ! ! !

– On partage, Vic… En prenant soin de récupérer l'argent à notre sortie. Max est notre *Cheval de Troyes.*

– Bon, imaginons que ça marche, et l'argent, il y en a une tonne. On ne pourra jamais tout emmener.

– N'exagérons rien. On va prendre nos petits sacs et…

Néanmoins, la masse considérable des billets pose un véritable problème.

Soudain, effet stimulant du shit ou euphorie de l'instant, Vic a une idée. Elle saisit sa longue pèlerine en cuir et en retourne une poche.

– La doublure. On peut y fourrer des billets. Bien mis, on peut en mettre un maximum. C'est discret. Bien sûr, un peu lourd à porter mais…

– Géniale… Tu es gé-nia-le ! ! !

Interdites de séjour hors de la villa, les filles peuvent vaquer comme elles le veulent dans les innombrables pièces de la demeure. Deux façons permettent de rejoindre le bureau de l'Albanais, en passant devant Max via le salon… ou par un escalier dérobé, permettant une fuite en cas de descente inopinée de la Police ou de l'assaut d'une bande rivale.

Violent mais timoré, Kovaci a pensé à tout.

Les deux filles prennent ce chemin et se retrouvent sur le seuil du bureau.

Key hésite légèrement avant d'entrer – la découverte d'un cadavre n'incite pas à la gaîté du cœur-, puis enfin, pousse la porte.

Elle voit un bras sur le sol, un corps couché sur le tapis persan. Elle comprend que le monstre a été terrassé.

Non.

Il bouge.

Effondré à terre, il cligne des yeux, ne peut plus parler.

– Hémorragie cérébrale, pense Key.

– Merde, il n'est pas mort, s'exclame Vic avant de lui raboter le ventre d'un vigoureux coup de talons aiguille. L'homme gémit, se roule en boule. Il redoute à raison une volée de coups meurtriers.

– Il est en train de mourir. En d'autres occasions, on alerterait le Samu mais moi, je n'ai vraiment pas envie que cette saloperie continue son trafic. Hein, tu m'entends, pourriture ? Oui, je sais que tu m'entends ? Tu dois te dire, cette négresse, elle n'était pas si bête. J'aurais dû me méfier. Qu'est-ce que tu crois, connard, que parce que je suis Black, j'ai rien dans la tête, je descends de mon cocotier ?

– On perd notre temps, Key. Gaby peut arriver… ou Max.

– Tu as raison. Prends les cordelettes des rideaux. On va l'attacher et le faire taire. Non, non, Dédé, nous n'allons pas te tuer. Tu vas crever en silence dans ton coin, en pensant à toutes les merdes que tu nous as faites, à nous, aux autres.

Aussitôt dit, aussitôt fait, le corps gisant de l'Albanais est poussé sur le palier.

– Ouvre les doublures.

Key place les liasses dans les manteaux. Ce n'est pas suffisant. Sur la table, restent environ cent mille euros.

– Il est temps de rejoindre Max.

– Je vais le chercher, dit Key, avec un clin d'œil, en dénouant négligemment la ceinture de son kimono.

La troisième partie de leur plan s'annonce plus délicate. Si Max refuse de jouer le jeu, tout cela n'aura servi à rien. Mais elles croient en leur baraka, cette « théorie du général » qui a fait tourner la tête à plus d'une et remiser dans un coin de bordel par manque de courage et d'opportunités.

Key entraîne Max Verducci dans le bureau de l'Albanais et lui apprend, en présence d'une Vic aguicheuse que « Dédé » est tombé sous les balles d'une embuscade à Sarcelles.

– Dédé est mort. Max, tu comprends ce que je te dis ?

Des questions essentielles viennent au garde du corps, mais la vision des liasses de billets de cinq cents euros, disposées de façon à donner de l'ampleur au volume, coupe net l'arrivée d'oxygène dans ce qui lui sert occasionnellement de cerveau.

– C'est une opportunité. Nous deux, on va se tirer. Toi, prends l'argent. On veut seulement notre liberté, tu comprends ?, dit Key, sensuelle et provocante. Elle connaît les effets qu'elle génère chez les hommes et sait en user chez ses ennemis.

– Mais… Attendez…

Il respire de nouveau.

Mauvais signe.

– Comment Dédé a fait pour filer ? Je ne l'ai pas vu passer et il m'aurait averti.

Key se fait attendrissante et empressée à lui promettre des choses impossibles. La liberté a parfois un prix douloureux.

– Il t'a toujours considéré pour ce que tu n'étais pas, Max. Un imbécile, il faut le dire. Il te donnait des ordres. Il t'humiliait devant tout le monde. Tu vois, il est parti sans te le dire. Avec cet argent, tu vas pouvoir créer ton affaire. Je travaillerai pour toi. Je serai ta pute… Je te rendrai riche.

Ces derniers mots font leur effet. Max se voit déjà sur la Riviera, surveillant sa pouliche noire en mini-robe rouge et cuissardes blanches, tout en briquant sa longue Cadillac jaune aux pare-chocs en forme de cornes de taureau. Tout un programme.

Cherchant à peine à dissiper le léger trouble qui le surprend, il cède du terrain.

Devant lui, avec une agilité stupéfiante, elles découpent à l'aide d'un petit ciseau de couturière, la doublure de sa belle veste en Tweed et enfournent les liasses de billets, une à une, les disposant de façon à en inonder méticuleusement la surface. Puis, vêtues de ce qu'elles ont trouvé de plus convenables dans une garde-robe somme toute limitée, elles passent leurs manteaux, étonnamment boursouflés. Imbu de suffisance, excité par ce coup qu'il joue à celui qui après tout, ne lui a jamais donné sa chance, leur compagnon d'évasion n'y voit que du feu.

Entre les regrets de trahir son cousin et la fortune à portée de mains, le choix a été vite fait.

Ils gagnent sans encombre le parking et prennent la Mustang rouge de Dédé. Les deux filles se tassent à l'arrière, cachées par une couverture sombre.

En se rapprochant des gardes armés et des chiens rôdant en liberté, Max se dit que peut-être… Oui, peut-être, il fait une très, très, très grosse bêtise… Pourquoi la villa ensommeillée n'est-elle pas sens dessus dessous ? Pourquoi personne ne semble au courant de la situation ? Pour quelles raisons deux vulgaires putains lui apprennent la terrible vérité sans qu'aucun des associés de l'Albanais ne se manifestent ?

Dédé hors circuit, les affaires en pâtiront.

Ce sera au plus véloce à prendre une place encore chaude.

La Bande des Crotales ? Sans doute.

Et qu'est-ce qui empêche Max de trahir les deux putes tout en gardant l'argent…

L'argent…

LE POGNON… LA THUNE… LA MAILLE…

Ce qui lui tient chaud aux reins et craque sous ses fesses.

Il passe la grille et se retrouve au-dehors, un peu perdu, égaré, dans les rues calmes de Meudon, sans avoir osé imaginer un scénario différent de celui des deux femmes.

– Dépose nous à la première gare, s'exclame Key, surgissant comme une diablesse, de l'arrière du véhicule.

– Tu me parles pas sur ce ton, ok ?, aboie-t-il. N'oublie pas que tu bosses pour moi, maintenant.

La jeune Noire comprend qu'il faudra agir avec prudence. Elle se tourne vers son amie et chuchote, en prenant soin qu'il n'entende pas :

– C'est là que nos chemins se séparent.

– Fais gaffe, ce type, il n'est pas clair.

– J'ai apporté de quoi le calmer. Un peu de shit. Il sera doux comme un agneau.

Vic se met à rire, d'un rire plus clair, moins angoissée, débarrassée de ces sempiternelles craintes pour un passage à tabac dans une tournante ou un premier rôle tragique dans les innombrables « snuffmovies » dont elles ont été les témoins actives.

Toutefois, le cœur n'y est pas. Trop de tension, de furieuses rancoeurs, de souvenirs atroces à même la peau.

À la gare de Meudon, les deux amies s'étreignent, à grands renforts de bises sonores.

– Tu as le portable de Dédé. Je t'appellerai dès que possible, murmure Key, émue.

– Dépêche, j'aimerais être dans le sud avant l'année prochaine » , gueule Max.

La route se fait silencieuse, tous deux plongés dans leurs pensées. Lui, misant sur la somme rondelette qui le gêne aux entournures, sur une virée éventuelle à Marseille où il a des accointances, sur le capital financier que représente Key, l'argent qui va découler des centaines de passes qu'elle fera pour lui, rien que pour lui.

Jour et nuit, pas de repos.

– Allez, quatre heures de sommeil pas plus, un sandwich à midi, une soupe le soir. Faudra garder la forme.

Key se sait libérée des contraintes de Kovaci, mais si elle n'y prend garde et ne bride pas son nouveau « maître », elle peut se retrouver plongée dans un autre enfer.

Comme si rien ne pouvait la sauver…

Déjà, mettre le holà

Key demande à s'arrêter dans un bistrot sur la Nationale 20.

– Une envie pressante, je te dis.

Il bougonne, fait le méchant « pour bien montrer qui est le patron », mais obtempère enfin au bout d'un long moment.

Quelques consommateurs attablés reluquent la jeune Noire dans son manteau crème, ouvert sur sa petite robe rose, perchée sur ses talons vertigineux, qui demande les toilettes à la matrone et s'y enferme. L'homme commande un scotch. Son comportement intrigue. Dans la région, on ne s'intéresse pas aux étrangers, surtout quand ceux-ci braquent un regard torve sur les curieux et qu'une arme déforme la veste sous l'aisselle droite.

Il boit son verre, en commande un second.

Key ne revient pas. Intrigué, enragé à l'idée de laisser filer son fonds de commerce, il marche vers les sanitaires et ouvre brusquement la porte. Il la trouve debout devant le petit lavabo, une main dans une des poches.

– Qu'est-ce que tu fous ?

– Je me remaquille, répond-elle, en lâchant le téléphone.

Il hésite, rumine sa rancœur. Il a trahi le Code des mafieux, ce Canon établi au quizième siècle par un certain Leke Dukagjini, et cela, pourquoi ? Pour quelques billets. Mal à l'aise, il s'exclame :

– Tu sais, je me demande, si on a bien fait. Se tirer comme ça. Et si Dédé n'était pas mort ? C'est la vendetta assurée pour moi.

– Putain, il est clamsé, le Dédé ! ! ! Quoi ? Tu crois que je parlerais comme ça de Dédé s'il était encore vivant ?

Cinq ans de compromissions, de ruses et de calcul lui ont appris à baisser la nuque pour mieux se jouer des hommes. Tous, plus prévisibles les uns que les autres, elle a appris à les manipuler.

Max s'enfonce dans une réflexion aléatoire. Il ne raisonne que par à-coups dans une logique morcelée. Il pense qu'il s'est laissé emporter par son élan, qu'il n'aurait jamais du revenir sur sa parole donnée, une nuit de solstice, dans la forteresse de ses aïeux. Mais sa bouche s'ouvre, happe de l'air. Au même moment, son ceinturon claque, sa braguette lâche.

Il aura longtemps cette souvenance d'un rugissement d'une table malmenée dans ses ruades dans les toilettes nauséabondes d'un bar glauque, des claquements sourds du bois contre le mur lépreux, des mains qui s'agrippent aux épaules. De son regard brillant, il se perd dans les tresses mouvantes. De ses râles, ils se noient dans les siens. De leurs orgasmes, il n'y a que le sien.

De son côté, Key se sent investie d'une mission primordiale : par les attraits de son sexe et l'ivresse qu'elle promet, elle doit l'empêcher de cogiter, se débarrasser de lui et lui vider les doublures de son habit.

Elle a assez d'atout en elle pour réveiller le plus somnolent des hypersomniaques.

Ils repartent et après quelques kilomètres, Max engage la Mustang sur une aire de repos.

Elle lui prépare un joint, l'épie, cherche la faille qui lui permettra de le neutraliser.

Le temps joue pour elle.

Plus tard, dans l'habitacle enfumé de lourdes senteurs affolantes, Max veut reprendre le volant. La vision distordue du paysage, cet amollissement des sens, la pesanteur de ses gestes lui paraissent insurmontable. L'effort qu'il met à engager la première vitesse, le réduit à néant.

Enragé de dépendre de celle qu'il veut soumettre, il lui prête de mauvaise grâce le volant.

Le ronronnement de la puissante cylindrée a endormi Max. Quand il ouvre les yeux, il n'aperçoit que la forêt, brouillée par la pluie. Le raclement régulier des essuie-glaces le laisse somnolent. Les conséquences de l'herbe mexicaine sur son métabolisme ont raison de sa vigilance à la surveiller.

Il confond la réalité avec le fruit de ses pensées, se demande un instant ce qu'il fait avec cette jeune et belle Africaine dans la voiture de son cousin. Comprenant à demi mot la minute suivante ce qu'il en est, il s'échappe de nouveau dans le monde intense d'une ébullition mentale qui jamais, ne lui a fait défaut mais en revanche, l'induit en erreur avec la constance des fous.

Pendant ce temps, Key réfléchit sur la conduite à tenir. Elle prévoit de s'arrêter à la nuit tombante dans un chemin de traverse. Elle se sent assez de courage pour s'occuper seule d'un homme suffisamment fort pour assommer trois bœufs en même temps.

L'espoir chevillé au corps lui donne une robustesse insoupçonnable. Elle a pris son avenir en main. Pas question de l'abandonner à un vulgaire maquereau qui ne lui promettrait qu'un bout de bitume dans une ruelle mal famée d'un port italien.

Soudain, un choc violent sur le devant envoie la Mustang faire une embardée.

Key freine, braque, sent la voiture se déporter et frappe de plein fouet une lande qui amortit l'auto contre le flanc d'un arbre.

– Mais putain, tu veux me tuer, hurle-t-il, cramoisi.

– On a percuté quelque chose sur la route, dit-elle, hagarde.

Il faut un temps infini avant de pouvoir bouger, ouvrir la portière. La pluie crépite sur la carrosserie. Le moteur s'est tu. Il semble qu'au-dehors, la nature en colère rugit de part en part, que tous les éléments les forcent à quitter l'endroit. Rien ne semble plus inamical que ce lieu trempé, où l'on ne distingue pas à deux mètres les formes rabougries d'arbres décharnés.

– En passant tout à l'heure, j'ai vu un hôtel… ou un café, je ne sais plus, dit-elle, en tâtant la doublure de son manteau. Tout est là, bien sûr.

– Ta gueule, aide-moi à sortir de cette tire. Magne toi.

Elle aide son compagnon qui continue à bougonner, étourdi par le choc. Un sanglier gît dans un talus, défoncé par le choc.

La pluie coule dans leurs cous. Elle rehausse son manteau sur la tête et cahin-caha, dans le crachin de la forêt, ils remontent la route jusqu'à cet établissement modeste dont un immense calicot vieillot, à la peinture écaillée, indique « LE RENDEZ-VOUS DES AMIS ».

La porte s'ouvre en fracas. Le lustre désuet oscille, perché au sommet de son clou. La bourrasque folle fait tourner les pages d'une revue, bouge les rideaux, éparpille de fines ridules sur la surface d'un aquarium sans poissons.

Les têtes se redressent des verres sales et fixent cette apparition dont les plus suspicieux voient la Camarde en visite.

Une putain noire en petite robe rose, perchée sur des échasses, le manteau formant capuche et que le regard macassar fusille sur place. Il y avait de quoi marquer les esprits. Les moins endurcis présageront de mauvaises récoltes, les autres, des nuits sans lune.

Key entre la première dans une salle triste, sombre aux meubles de bois usés, aux odeurs de pastis et de cigares.

Un homme derrière son bar. Les autres, elle ne les voit pas.

Elle décèle le regard d'incompréhension, d'hostilité profonde, de haine viscérale qu'elle suscite chez l'aubergiste. Elle connaît le racisme ordinaire et ne s'est jamais remise des insultes gratuites dans les passes ignobles d'hôtels sans nom, au fin fond de province endormie, là où ne passe que le facteur pour les allocations ou les étrennes.

Max, son teint basané de mi-Italien mi-Albanais, à la démarche hésitante d'un homme ivre, n'est pas en reste dans ce jugement négatif.

– Vous avez une chambre ? , demande-t-elle, sans aménité, en dégageant sa tête.

Sa robe courte et cintrée, le décolleté plongeant d'un corsage plein, les longues jambes nues, incitent le Patron à remiser à plus tard son ostracisme. Il se sent vaciller non sur ses convictions mais sur les petites règles intérieures de son hôtel. Pas de chiens, pas de Bougnoules.

Ce dernier hésite puis enfin, se décide à décrocher une clé.

– La 3, au premier. Faut payer d'avance, bougonne-t-il.

De sa proche profonde, elle sort une liasse de billet de cinq cents euros, en extirpe un et le plaque résolument contre le comptoir.

– Ça suffira ?

Elle prend la clé et s'engage la première dans le petit escalier aux marches étroites.

CHAPITRE 8

Plongé dans l'obscurité, Max s'était servi un scotch, avait vu la caisse. D'une lame de couteau, il avait forcé le mécanisme, s'était servi en billets.

Pour le « fun », sans raison, avec l'art consommé du petit braqueur de base.

– Rien à tirer de cette taule.

– César, fous-moi la paix, je t'en prie, rugit-il.

– Qu'est-ce que tu fabriques ?

– Je picole.

Du bruit au-dessus. Des talons sur du plancher.

– C'est la pute.

Max ne répondit pas. Il écoutait le sommier grincer, le bruit des sandales jetées, un nouveau grincement puis plus rien.

Il avala d'un trait son scotch, fit claquer sa langue.

– Ce n'est pas une pute. Elle faisait la bonniche chez les Leskovac. Je te l'ai déjà dit. C'est grâce à elle que je suis là. Elle m'a sacrément aidé.

– *Tu continues à déconner, Max.*

– Merde, c'est la stricte vérité.

Ses paroles résonnaient dans la salle vide, lui donnant une drôle d'impression. Quelqu'un l'espionnait. Il en était persuadé. Méfiant, il préféra s'immerger dans ses pensées, ne rien trahir de ce qui le tourmentait, plutôt que de laisser croire qu'il mentait.

Sans elle, je ne serai devenu qu'un chien pour les deux soeurs, des démones, je te dis. Elles me blessaient au plus profond de mon âme. Du jamais vu.

Les visites de Keyza m'apaisaient quand elle venait m'apporter du pain et de l'eau.

– Aide-moi, aide-moi, je lui disais. Trouve la clé des chaînes, un « gun », débrouille-toi. Fais ce que je te dis et je te réserverai une place au soleil.

La petite voix vociféra :

– Tu parles, un bout de trottoir sur la Cannebière, ouais.

Il se sentit partir en arrière. Une scène lui traversa l'esprit. Une fille à la peau noire, longs cheveux tressés à la rasta, en minijupe serrée et blouson orange, plein d'une chair souple, sans entrave, déambule devant l'entrée d'un cabaret aux lumières clignotantes. Elle hèle le passant avec l'impudence de sa condition, s'agrippe aux hommes, marchande le prix d'une passe sous le porche, entre deux poubelles.

Max hésite, il ne sait pas trop à quoi correspond cette image. Le macadam sur la Cannebière, Keyza, l'avait-elle déjà connu ? Impossible d'en être sûr. Trop de pensées se bousculaient en lui.

Et puis, oublier cette conscience qui le taraudait. Continuer ce récit trébuchant. En finir enfin.

Un matin, pas plus tard qu'hier, elle est venue me rejoindre dans ma geôle.

– J'ai trouvé les clés, me dit-elle, avec une mine de conspiratrice. « Ça n'a pas été une mince affaire.

Elle avait même un Uzi qu'elle avait piqué dans le secrétaire du patron, le « Patron », comme elle disait, avec un respect mâtiné de peur latente.

On a monté les marches de l'escalier, avec prudence.

Nous, on voulait se faire la malle sans demander notre reste… Sur l'instant, je ne pensais pas au fric. Je voulais sauver ma peau.

Mais au rez-de-chaussée, on est tombé sur Mélanie.

– Qu'est-ce que tu fous, là ?, me hurla-t-elle.

Ca été plus fort que moi. J'aurais pu l'assommer, mais dans ces cas-là, tu ne réfléchis pas trop. Tu y vas à l'instinct. J'ai levé mon arme et j'ai tiré, je ne sais pas combien de coups. Ça partait tout seul. Fichu pistolet automatique. Et les autres survenaient et je tirais. Keyza, elle attendait, couchée en boule et elle avait raison parce que je l'aurais fumée comme les autres.

Quand tout a été fini et qu'il y avait cette épaisse fumée âcre qui nous faisait tousser, je me suis rendu compte que j'avais descendu toute la famille. Mais restaient le garde-chasse, le palefrenier et le cuisinier.

Dehors, on est tombé sur eux. Et ça crépitait. J'en avais mal aux mains. Une ivresse pas possible. C'est dingue le pouvoir de donner la mort.

Keyza avait les clés du 4 x4. Dès que ça été fini, on s'est tiré vite fait.

On a roulé tout droit, longtemps… Jusqu'à sur ce foutu sanglier qui nous a envoyé valdinguer dans le fossé. Puis, on a marché… Et l'on a atterri dans cet hôtel minable. Depuis, on se terre. On baise…

Fouettée par le vent et la pluie, blessée au plus profond de son âme, n'ayant d'autres repères que la faim et la peur, les feux des lampadaires et ceux des camions, éclaboussée par les gyrophares de la maraude locale, Vic se sentait défaillir.

La mainmise de la police dans les activités crapuleuses du Milieu moldave n'était plus à prouver depuis l'effondrement de l'Union soviétique en 1990. Qu'en était-il de la France, de ce pays des droits de l'homme dont elle n'était qu'un misérable pion sur l'échiquier humain, pitoyable exclue d'un bonheur qui jusque-là, lui a fait la nique ? Comment le savoir sans retomber dans les rets d'une misère injuste.

Cela, elle ne le voulait pas.

Sirène hurlante, la patrouille fonçait droit sur cette chimère branlante, image du vice dans l'imaginaire policier.

Brusquement, un long mastodonte d'acier à l'immatriculation ibérique coupa net l'élan du fourgon et s'engagea sur le rond-point. Le rugissement du moteur dans le crissement des énormes roues aux jantes alliage rompit net le ronronnement régulier, venant de l'autoroute toute proche, derrière le bosquet de feuillus.

Fascinée par ce long animal, serpent d'acier à la longue remorque bâchée qui n'en finissait pas de s'enrouler autour du cercle herbeux, la fille fixait les essieux, ruisselant d'éclats fulgurants.

Les aboiements des flics lui parvinrent enfin. Ni une ni deux, elle se plia en deux, courut et sauta sur le marchepied du camion avec une agilité stupéfiante.

Elle attendit que le véhicule rugissant eût fini de manœuvrer, eût parcouru quelques mètres sur une bretelle, loin de la patrouille égarée pour de nouveau, sauter sur le bas-côté au risque de se rompre le cou.

Dans le tragique de l'instant, n'ayant d'autres ressources que sa propre vie, la perception du danger prenait un tout autre aspect. Là où l'aisance dissuade certains efforts inconsidérés, le dénuement pousse l'intervenant à des actions brutes et sidérantes.

Tassée dans un fossé boueux, transie de froid, serrant contre elle les pans de son manteau à l'intérieur craquant, Vic se sentait a contrario suffisamment forte pour affronter l'engeance humaine et rejoindre son unique amie, Key, celle dont l'amitié résolue était née sur la lie et le désespoir de leur ancienne situation.

Elle se mit à réfléchir. S'extirper de l'engrenage autoroutier lui parut indispensable.

Frêle silhouette marchant le long des interminables barrières de sécurité, grelottant de froid, elle chercha longtemps et trouva enfin l'issue pentue qui lui permit de retrouver la quiétude isolée d'une nationale tranquille.

Quelques voitures aux phares trouant la nuit la jetaient à plat dans les fossés. Si ses réflexes d'immigrée clandestine la poussaient à cela, son cœur aspirait à une aide qui lui permettrait de rejoindre une hypothétique Sologne et un non moins mythique établissement hôtelier sur bord de route. Partagée entre ses deux sentiments, elle se rongeait l'âme de ne pouvoir s'accorder elle-même.

Finalement, un village apparut dans des habitations sombres et peu accueillantes, aux lampadaires tristes et aux trottoirs étroits.

Vic cheminait, évitant la lumière, se fondant dans l'obscurité ambiante sans rencontrer âme qui vive. Tout dormait.

Si ce n'était… ce vieux break, feux allumés, moteur en marche, avancé à moitié sur le terre-plein d'un terne pavillon.

Pas de conducteur dans l'habitacle.

Vic se fit plus petite qu'elle ne l'était déjà, serin curieux cherchant le matou dont elle grugerait l'appétit vorace.

Elle distingua une silhouette s'acharnant à ouvrir les portes rouillées de son garage. Quelques secondes la séparaient de ce moment magique où elle s'abriterait frileusement dans l'auto.

Avec un élan décisif, saisissant sa chance avec autant d'impétuosité qu'un général vénitien sur un champ de bataille, elle bondit hors de sa cachette et se faufila devant le tableau de bord.

L'homme vit subitement cette ombre dans l'habitacle, crut rêver, jura de toutes les injures machistes, crétines, de son engeance de vie et patina sur les étrons de son vieux chien endormi.

Vic engagea la marche arrière dans le couinement plaintif de la boîte de vitesse. Le véhicule recula violemment et s'encastra dans un muret. Décontenancée, la fille marqua un temps de surprise, redémarra le moteur. Une main lui saisit les cheveux, la tira vers l'arrière. Elle pleurait rageusement en passant la première, fit bondir le véhicule… et cala de nouveau.

– Descends de ma tire, salope, hurla l'autre, méconnaissable, citoyen paisible devenu bête furieuse à qui l'on ne lui jouerait pas ce tour pendable.

Vic saisit le premier objet qui lui vint, en l'occurrence un boîtier à lunettes, et frappa violemment son agresseur. Ce dernier se dégagea, eut un recul, entendit le diesel ronfler, sauta sur le capot, manqua son coup et tomba sur la chaussée ruisselante pendant que sa voiture filait à vive allure dans la nuit opaque.

L'aube s'était levée depuis quelques heures.

Key dormait. Max n'avait pu fermer l'œil de la nuit.

Une idée lui avait traversé l'esprit. Réjouissante. Rassurante. Mais si fulgurante qu'il ne se sentait plus capable de saisir la finalité de cette fugitive chimère. Sa lucidité brumeuse, qui le remettait d'aplomb parfois, l'envoyait chavirer sur les côtes inconnues d'une intelligence éphémère, aux écueils non répertoriés dans sa mémoire. Une sorte de balade inconnue, aux sentiers à peine dégrossis.

Dans les méandres de ses souvenirs confus, Max avait encore perdu le lien qui le retenait au monde des vivants. Le harcèlement subtil de cette voix agaçante n'arrangeait rien et ne le rassurait pas sur sa survie dans le monde criminel qui avait toujours été le sien.

Dans le lit, la jeune Noire bougea, s'étira. Elle le reconnut, cligna des yeux.

– Tu ne dors toujours pas ?

Il avait envie de lui dire qu'il s'était occupé de leur avenir, mais préféra se taire. Elle aurait posé beaucoup trop de questions.

– Je suis descendu tout à l'heure. J'ai pris de la bouffe. Bientôt, je t'offrirai un bon repas. On va se taper la cloche.

Elle le regarda d'une façon énigmatique.

– Je sais, je t'ai entendu descendre. Tu as été long.

– Pas facile de chiper quoi que ce soit. Ce salaud de propriétaire boucle tout.

En la serrant contre lui, il se dit qu'après tout, elle était un peu trop maligne pour lui. Si elle commençait à l'espionner, ses affaires en pâtiraient.

Avec Max, il ne fallait pas trop poser de questions.

Mais rien n'indiquait au pauvre imbécile que la belle Africaine avait d'identiques projets d'avenir.

Lorsqu'il se détourna, Key se renfrogna. Elle avait su tenir Max hors de ses pattes mais sa réserve de shit ayant brûlé dans les brins des cigarettes artisanales, ne restaient que les répercussions de la drogue.

Il ne sombrerait plus dans ses délires. Néanmoins, persisteraient dans sa tête, les bribes d'images, scories épouvantables d'hallucinations qu'il n'avait su contrôler jusque-là, le réel et l'imaginaire s'entremêlant jusqu'à l'amnésie totale.

CHAPITRE 9

Max se massait les tempes, assis devant la fenêtre. Dans la pièce voisine, Key se lavait à grandes eaux.

Il avait passé de nombreux coups de fils, s'était assuré de la venue du « Boucher ». Lui seul pouvait le tirer de ce mauvais pas. Lui seul avait suffisamment d'entregent pour atténuer les angles d'une situation largement emberlificotée. Enfin, lui seul savait apaiser les colères mémorables de l'Albanais.

– L'Albanais ? Mais il est mort, imbécile. Tu es liiiiibre, Max ! ! !

Verducci ne voulait rien entendre à ce langage.

La précipitation avec laquelle il avait trahi la confiance de son cousin revenait le tarauder. Il aurait payé n'importe quoi pour retourner à une situation normale, cette quiétude douillette du « porte-flingue aux ordres » dans une Organisation qui avait toujours su prendre soin de lui et cela, depuis son enfance, à Trieste quand il débutait dans le crime à la sortie du collège, en rackettant ses camarades de classe.

Des bruits de pas dans le couloir le tirèrent de ses songes.

Il reconnut l'allure vive et cadencée, légèrement appuyée sur le pied droit de Blackletter et celle, plus traînante de son « secrétaire », Théodore dont les activités portaient plus sur l'extorsion des petites frappes que sur d'éventuelles tâches d'écriture.

Il s'élança vers la porte puis se figea, le cœur battant comme une jouvencelle dans l'attente d'un casting porno.

Tout allait se miser dans cet entretien. Sa survie et sa liberté.

Quelques coups furent portés contre l'huis.

Ses mains devinrent moites.

Il ouvrit.

– César ?

– *Oui, c'est moi.*

– Qui crois-tu avoir devant toi, imbécile ?, grogna César Blackletter, dans sa barbe poivre et sel. Si ce n'est celui que tu as fait tirer du lit de deux Hollandaises en déroute, à trois heures du mat' ? ? ?

César, la soixantaine, carrure d'ancien rugbyman pour amateur de femmes girondes, portait beau dans un loden classique et des bottes vernies. À moitié français par sa mère corse et macédonien par son père, l'ancien chirurgien, radié de l'Ordre des médecins, parlait d'une voix rauque et sourde, imposant dans cette tonalité une autorité que peu lui contestait.

Derrière lui, plus petit d'un demi-centimètre mais aussi vaste d'envergure, épaules à la James Cagney, Théo, une vingtaine d'année, blouson Perfecto, jean en cuir, une balafre défigurant son visage, jeta un regard circonspect sur la chambre en désordre.

– Alors, quelle nouvelle trouvaille as-tu inventé pour m'escagasser la vie ?

– Entre, César, entre. T'as fait bon voyage ?

– Arrête avec ça… Y a quelqu'un à côté ?

– Une nana… D'ailleurs, je me demandais… Si tu pouvais pas la placer… T'as des bars, non ?

– Je ne prends pas n'importe qui.

– Tu me connais ?

– Je te connais trop et j'suis fatigué par toutes tes comédies. Qu'as-tu inventé encore pour te rendre intéressant ? Le fils adoptif du roi du Mongol et le braquage d'un couvent, tu me l'as déjà fait. Parle-moi plutôt de la raison pour laquelle je t'ai rejoint dans cet hôtel minable.

– Viens quand même. Elle est magique.

Ils entrèrent sans façon dans la salle de bains. Max ouvrit en grand le rideau et découvrit la fille. Elle poussa un cri de stupeur, dissimulant mal ses formes embarrassantes sur lesquelles tous les regards s'attachèrent, comme des pointes d'acier la traversant de part en part.

– Qu'est-ce que t'en dis ?

Il ne remarqua pas les regards échangés, le trouble de Key, la fureur du nouveau venu. Dans l'exaltation du moment, fébrile, heureux du proche dénouement, Max piaffait d'impatience et de joie singulière.

Plus tard, il entraîna son acolyte dans le couloir.

Interdite, la jeune Noire n'avait pas décoché un son. Son savon en main, éclaboussée par le jet tiède, elle restait médusée.

Tout revenait brutalement en mémoire. L'alèse froide sous les fesses, le dernier curetage dans un cabinet minable près des Maréchaux, les recommandations d'usage de celui que l'on appelait à raison le « Boucher » et quelques heures plus tard, le « turbin » à l'arrière d'une camionnette près d'Auteuil, gisante sur un matelas, un kilo de coton hydrophile entre les cuisses, avec l'odeur acidulée des capotes dans la bouche.

Putain de merde de saloperie de con ! ! !

L'instant placardait sa terrifiante réalité sur le mur suintant de la douche : César Blackletter, avorteur patenté et tenancier de boîtes de nuit un peu partout dans le pays, se trouvait inopportunément sur les lieux d'un drame dont il n'avait pas à se mêler.

Dans le couloir, Max se confiait à son compagnon.

– Je vais tout te raconter et tu en concluras ce que tu voudras.

– Tu te fous de moi, Max ? Je la connais, cette Blackos, hurla le « Boucher », méconnaissable.

– C'est pas possible, César, t'es jamais venu en Sologne.

– Crétin, tu oublies mon petit pied-à-terre dans lequel tu as squatté plus d'un mois, à te tirer toutes les soubrettes du coin ! ! !

– Ton… quoi ? ? ?

Excédé, César le prit au col de sa chemise et le projeta contre la paroi pendant que Théo jouait avec le manche de son Opinel.

– Cette nana, c'est une des putes de Kovaci et tu le sais très bien… Parce que tu étais son gorille avant qu'il se fasse buter.

– J'comprends rien à ce que tu racontes, César. Cette Black travaillait au château chez les Yougos'et elle m'a sauvé la vie, je t'assure… Je la connaissais pas avant… Faut me croire ! ! !

Mais Max perdait pied. Il y avait tant d'images en lui, contradictoires, emmêlées, qu'il ne savait si le réel prendrait le pas sur l'imaginaire.

Cette Noire en minijupe devant un cabaret, il la revoyait avec la netteté d'une réalité passée. Il se sentit happé par sa propre folie. Key ? Peut-être. Il ne distingue pas son visage. Elle est de dos. Il la voit à travers un pare-brise fumé. Une odeur de patchoulis. Il tourne la tête sur le côté. Une fille blonde, potelée, lui parle. Il ne comprend pas ce qu'elle dit. La Noire disparaît sous le porche avec un trentenaire, promenant son chien.

La poigne solide l'étouffa suffisamment pour que la vision disparût en un éclair.

Persuadé de son génie, précurseur de séances d'hypnoses teintées de mysticisme, Blackletter voulut en savoir plus, écouter ce qu'il avait à dire, conscient d'avoir à avaler les pires sornettes de son existence chez un individu, largement atteint par les symptômes dits « positifs » d'une maladie psychotique : idées délirantes, hallucinations et troubles du cours de la pensée. Qu'avait-il à perdre, sinon le temps de quelques maîtresses, oubliées dans une des chambres de sa demeure solognote et qui, il en était persuadé, se languissaient de lui à coup sûr.

Dans l'encoignure d'une pièce, Max lui raconta tout ou ce qu'il croyait se souvenir. Ses propos confus n'entraînèrent pas l'adhésion immédiate de son médecin attitré.

– Ton histoire est édifiante, Max.

– Tu me crois pas ? Tu verras quand on y sera, tous les cadavres…

– Ce ne sont pas les macchabées qui me prouveront la véracité de ton récit. Tu as plutôt une réputation de tueur. Non, c'est avant que ça cloche.

– Ouais et encore, je t'ai pas parlé des loups.

– Des loups ? ? ?

– Ouais, ils font des chasses à l'homme, avec des loups dressés.

– Qui marchent sur leurs pattes arrière ? Hein, c'est ça ? ? ? Eh, Piou-Piou Les Petits Oiseaux, réveille-toi ! ! ! T'es pas dans un film de Joe Dante.

Puis il s'éloigna, revint, lança, conscient du ridicule mais s'en délectant :

– Tu savais qu'être vu par un loup avant de l'apercevoir peut faire perdre la voix… Et que le loup hurle la patte devant la bouche pour faire croire à la présence d'une meute… Et qu'il aiguise ses dents avec de l'origan…

– Je me fous pas de ta gueule, Max. La négresse, là, elle peut confirmer.

– Tu n'as pas l'air de comprendre, crétin, que cette meuf fait partie du troupeau de Kovaci ! ! ! Puis il se ravisa, soudainement conscient d'aboutir sans doute à de nouvelles théories fumeuses. Ouais, ouais, bon, on va voir où est ton château. Mais t'as pas intérêt à m'avoir fait déplacer pour des prunes. Théo, tu restes là à surveiller la Black.

– Merde, c'est toujours pour moi, les coups foireux, s'exclama le jeunot.

– Keyza, c'est pas un coup foireux, je t'assure, rétorqua Max, hilare, en saisissant sa veste.

Pour lui, tout semblait s'arranger.

Pour la jeune Africaine, cela s'annonçait différemment.

Dans la chambre, elle enfilait sa petite robe quand Théo apparut dans le reflet distordu du vieux miroir.

– Où est Max ?

– Il va revenir. Il m'a demandé de te dire d'être bien sage.

Sur le parvis de l'auberge, Max découvrit le 4 x4 BMW de Blackletter, garé près d'une Mercedes coupée. Une jeune femme se tenait nonchalante devant la carrosserie luxueuse. De longs cheveux rouges dépassaient de sa casquette de jockey.

Max reconnut une des maîtresses de César, Charlie, dont il avait su goûter le Mont de Vénus dans un discret boudoir d'une demeure solognote, un soir d'été, à l'insu du maître de maison. Ses souvenirs n'étaient pas parfaits, mais il lui semblait improbable de se tromper à ce sujet. Surtout lorsqu'elle l'accueillit avec l'impétuosité débordante d'une matrone sensuelle et lui plaqua la bouche sur la sienne, pendant que César éclatait d'un rire tonitruant, en lui tapant l'épaule de claques complices.

– Tu reconnaîtras le chemin ?, s'écria César, redevenu soudainement sérieux.

Cette rapide transformation des traits et du comportement déstabilisait généralement son entourage.

– Ouais, je crois, balbutia Max.

Soudain, au bout d'une centaine de mètres, leur regard fut attiré par une voiture rouge, coincée sur le bas-côté, le capot avant défoncé.

– Tiens, Dédé a la même, s'exclama César, faussement ironique. Tu m'avoueras, une Mustang rouge, ça peut prêter à confusion.

Max sourit en pensant que déplacer Blackletter pour des fariboles vaudrait bien plus qu'une colère mémorable.

Ce dernier s'exclama :

– Dis, puisqu'on est ensemble, tu vas sans doute me dire où est le pognon ? Oui, là, je vois que tu sais quelque chose.

– Je… Je… comprends pas ce que tu veux dire.

– Il y avait plus d'un million d'euros dans le coffre de l'Albanais lorsque le Corse est venu déposer son « linge sale » pour être blanchi au Cercle. Quelques heures plus tard, on retrouve Dédé dans son bureau, mort, bâillonné comme un malpropre. Un crime de gonzesse, d'ailleurs.

Le ventre transpercé de fines et longues blessures, le genre « talons aiguilles », tu vois ce que je veux dire ? Tu peux sans doute me donner ta version, puisque là, je te retrouve avec une de ses nanas.

– Attends, Dédé est tombé sous les balles dans une embuscade à Sarcelles.

– N'importe quoi. Il a été éliminé chez lui, dans sa villa… Et tu étais son garde du corps.

– Non, non, non, ça s'est pas passé comme ça. Et c'est quoi, ce million ? ? ?

– *Cent mille, c'était tout. Cent mille euros.*

Une vision le laissa suffocant. Il revoyait la couture défaite de sa veste, des mains y glisser soigneusement des liasses… Des mains fines, baguées, jeunes… blanches et d'autres encore… couleur d'ébène.

KEY ! ! ! VIC ! ! !

Vic est près de lui dans la voiture, aspergée de patchoulis et qui lui parle des vacances qu'il lui avait promise sur la Riviera. Quelques petits coups portés à la vitre fumée le fait sursauter. Il baisse la vitre et voit Key, les joues rosies par le froid hivernal tombé soudainement sur Marseille. Elle lui tend les billets de sa passe, dit qu'elle n'a pas chaud sans chercher à convaincre son souteneur. Celui-ci prend l'argent et compte, un à un, les rectangles de papier froissés. « Allez, dégage, va bosser, lui dit-il, en la rabrouant parce qu'elle s'attarde, qu'elle cherche un peu la chaleur douceâtre de l'habitacle. Il pousse Vic d'un coup de coude. « Toi aussi, en piste. Faut accélérer la cadence, sinon Dédé va pas être content. Ca va être votre fête, les meufs ». Les filles maugréent. Il menace, promet le nerf de boeuf. La portière claque. Il les voit s'éloigner. Il se sent fort, très fort. Invulnérable.

Max se souvenait maintenant de tout. Bien plus qu'un marché de dupes, il avait passé un contrat avec la Faucheuse.

– Charlie, enfonce-toi dans la forêt. Je sens que Max va nous cracher le morceau.

– Écoute, c'est vrai que je me suis tiré avec le pognon. Maintenant, oui, c'est vrai, je me souviens. J'étais avec Key… et Vic. Il y avait l'argent sur la table. Elles m'ont demandé de les laisser partir. J'ai accepté, mais j'ai pris que cent mille. Je comprends pas ton truc du million.

– Pauvre con, non seulement, tu as trahi le Canon mais en plus, tu t'es fait manipuler par deux femelles. Tu me dégoûtes. Charlie, appelle Théo, qu'il rapplique avec la fille. Il a sa tronçonneuse dans le coffre. Je sens que notre conversation va être très, très, très intéressante.

– Tu oublies, César, que dans cette foutue forêt, on peut pas capter avec les portables, bougonna la jeune femme, en ralentissant sur le bas-côté.

– Ok, alors, on rapplique à l'hôtel, mais je te jure sur ma vie que ça va gicler sec ! ! !

À cette heure, Keyza se lassait.

Après le départ subit de Max avec César, elle n'était pas dupe de l'avenir que lui réservait son amant. Encore moins, plus immédiat, du désir de ce Théo qui lui malaxait les seins à travers la robe en lui susurrant des mots tendres et creux.

Cela partit comme une flèche, dans un ressort qui longtemps, avait tardé à se tendre. À peine le coup de genou atteignit sa cible que la fille se dégageait, prompte gazelle. Elle prit son manteau et dévala l'escalier.

Le patron la regarda passer devant elle. Il ne dit rien.

Elle voulut ouvrir la porte d'entrée. Celle-ci était verrouillée.

Elle se retourna subitement et ne perdant pas son aplomb, droite, dressée sur ses pointes effilées, si sûre d'elle, s'exclama :

– Hep, vous m'ouvrez ? J'suis pressée.

Mais le patron ne bougeait pas, pétrifié derrière le bar. Elle comprit que quelque chose n'allait pas.

Par les interstices des volets des fenêtres, se dispensait la faible lueur du jour, créant dans ce clair obscur, une atmosphère étrange, irréelle.

– Alors, Blanche-Neige, on ne dit pas bonjour ! ! !

La voix nasillarde aux intonations méprisantes, elle l'aurait reconnue entre mille. Un frisson lui parcourut l'échine jusqu'au bas des fesses.

Sur le côté, une silhouette se détacha, celle d'un homme, basané, grand, la quarantaine bedonnante, portant beau avec son costume de soie italienne.

Tony Monzato, le lieutenant du Corse, acteur masqué dans les snuffmovies, ces courts-métrages pornographiques finissant dans des bains de sang réels, s'était fait une réputation de tueur fou qui rendait les ennemis de la « Baleine », circonspects et prudents, quant à la valeur de leur trahison.

Key recula, vibrante.

– Pose tout par terre.

Elle obtempéra. Des souvenirs violents lui revenaient en mémoire. Des cris d'enfants mutilés, des beuglements de garçons égorgés face à des caméras fixes, imperturbables, dans le déroulement implacable de terrifiants scénarii. Les DVD se marchandaient au prix fort dans un milieu très averti.

– Couche-toi à plat ventre sur la table, jambes écartées. Mains à plat…

Elle serra les dents, ne voulait pas le supplier. Cela ne servait à rien avec Tony, rien qu'à l'exciter un peu plus dans sa ferveur maladive.

– Tenancier, vous avez vu ? Servez-vous, elle a été dressée pour ça dans les Balkans…

– C'est pas l'envie qui m'en manque, rétorqua l'aubergiste, goguenard.

Cependant, ce dernier ne bougeait pas.

S'il n'avait pas dédaigné voir aboutir une partie de jambes en l'air dans la discrétion d'une soirée entre amis, l'ancien « Béret Vert » n'aimait pas la tournure que prenait l'arrivée intempestive des « bourricots » dans son auberge.

Il pensait prévenir le Marquis, un ancien de l'OAS, ex-commandant dans la Légion, qui à quelques lieux de là, prêtait sa propriété à des groupuscules d'extrême droite afin d'y entraîner leurs troupes. On les nommait les « Loups Gris », nazillons cagoulés comme des commandos et aimant les ratonnades de toutes sortes, afin soi-disant de mieux réguler l'espèce humaine… Leur propension à en découdre variait des chasseurs par leur choix de gibier.

Du bruit dans l'escalier. Théo apparut, livide, claudiquant, handicapé pour quelques heures, une douleur irradiant son bas-ventre. Il regarda autour de lui, cria au tenancier :

– Toi, apporte-moi des glaçons.

Ce dernier s'exécuta, trop heureux de se rapprocher du second téléphone, placé dans la cuisine.

Il fusilla du regard la fille que Tony surveillait.

– Vas-y, sers-toi, elle n'attend que ça, la bougresse ! ! ! Ouais, évidemment, elle t'a bien amoché, s'exclama Monzato, avec un rire grinçant.

Key, haletante, redoutait le pire.

Dans le huis clos s'annonçant, elle ne jouerait sûrement pas le rôle le plus avantageux. En voulant quitter sa prison dorée, elle replongeait dans une détresse infernale, livrée à deux types sanguinaires qu'aucune règle ne retenait, sinon leur propre ambition.

Tony prit son sac à main et l'ouvrit.

– Où est le pognon ? Je sais que tu possèdes une partie de la thune. Où est le reste ?

Une main vigoureuse s'était enfoncée dans sa tignasse tressée. Il tira jusqu'à lui en arracher un long feulement de douleur.

– Tu veux que je t'éclate les dents contre la table ? Tu sais que j'ai fait pire. T'as vu les enregistrements ? Les filles sont méconnaissables. Et personne pour réclamer les cadavres.

Elle lâcha, terrorisée :

– Dans la doublure du manteau…

Qu'allait-il faire d'elle maintenant ? Des gouttes salées ruisselaient sur son visage tordu d'impuissance. Personne ne pourrait arrêter la machine terrifiante que représentait la folie destructrice de Tony Monzato.

Un bruit violent dans la cuisine les fit sursauter.

Théo apparut peu après, un rire bête coulant de sa gorge.

– Que se passe-t-il ?, s'écria Tony.

– Le vieux était au bigophone. Je lui ai réglé son compte. Je crois qu'il prévenait les keufs.

– Ouais ? Eh ben, moi, je me casse.

Il y eut un instant d'incompréhension entre les trois personnages de cette étrange scène. Key se disait que « c'était trop beau. Ce type n'allait pas partir sans verser du sang ».

Théo, fidèle à César, se rappelait exactement des ordres donnés : « Surveille la fille ».

Tony, fidèle à son instinct, prévoyait la répartie de son acolyte.

– Non, il faut attendre Blackletter. Il a dit d'attendre.

– Il t'a dit d'attendre. Je ne travaille pas pour le « Boucher ». Pour moi, c'est clair, l'argent est à moi.

– Écoute, je comprends que tu veuilles récupérer le pognon du Corse mais…

– Rien à foutre de la Baleine. T'as vu la masse de fric. La Baleine ne me laisse que des clopinettes, des filles, ah, les filles, y en a, mais ça nourrit pas son homme. J'suis pas un mac à attendre que l'argent rentre. Pas de patience, moi. Tout de suite, maintenant et c'est la noiraude qui me l'apporte.

Key ravalait sa rage, préférant se taire à des paroles inutiles qui la feraient remarquer d'un assassin sans merci.

Le dénouement était proche.

Le ton montait dangereusement. Rien de bon à attendre de tout cela. Les deux hommes s'affrontaient dans des joutes verbales que les claquements de culasse vinrent rythmer.

La fille sursauta dans deux explosions bruyantes de deux pistolets automatiques qui crachèrent leurs balles meurtrières.

Elle n'osait bouger, respirer même. Il lui semblait que les battements de son cœur retentissaient dans toute la maisonnée.

La chute lourde d'un corps la fit grelotter. Elle ravala ses larmes.

Qui ? Qui avait tiré ?

Une odeur âcre se répandait dans la pièce.

Tout à coup, elle sentit le contact froid d'un canon contre sa nuque.

– À ton tour, la Blakos.

Monzato. Il allait l'éliminer aussi froidement qu'un équarisseur, préoccupé par sa livraison du jour sur un stand de Rungis.

Dans la détresse et l'effroi, le raisonnement prenait un tour inattendu. Ainsi, c'en était fini, morte, à plat ventre, une balle dans la tête, dans le lugubre estaminet d'une route de province, si loin de son Afrique chérie.

Des images venaient subitement. Son père, si souverain dans son costume de lin blanc, frimant l'élégance des anciens colons… La mer d'un bleu soutenu, le rafiot dans lequel elle aimait embarquer pour pêcher le mérou avec son frère Abd… ce frère dont elle aimait la rieuse prodigalité, ne voyant en lui que l'adorable fou qui lui faisait sécher les cours en lui promettant une vie facile en Europe… Cette partie de poker dans une salle enfumée pendant qu'elle dansait avec les garçons des slows langoureux, passant sans façon dans les bras des uns et des autres, riant dans leur cou avec une diablerie naïve, dans l'ivresse d'un alcool trop fort… Cette fin de nuit rugissante, sur la banquette arrière d'une voiture volée, sous un inconnu qui lui déchirait le ventre… L'enfermement dans un sous-sol avec d'autres filles paumées, en attendant le long voyage pour l'Occident à fond de cale…

Abd, tu m'as trahie, tu m'as trahie ! ! !

Soudain, une volée de coups ébranla la porte de l'auberge.

Le poids du canon s'allégea dans sa nuque.

Qui ?

Tony se fit songeur.

César ?

Prudent, il fila vers l'arrière de l'établissement.

Key se redressa, tremblante. Théo gisait à terre, la poitrine en sang, inerte. Terrifiée, elle n'osait bouger.

En alerte, Tony aurait filé sans mettre son plan à exécution ? Un espoir, le manteau gisait en travers la table.

Non, le salaud était tout près. Elle l'entendait aller et venir dans la cuisine.

Il réapparut, fortement agité. Ils se regardèrent. Impossible de pénétrer dans sa tête sans en ressortir laminer par les choses effrayantes qu'on y verrait. Cela devait ressembler à un capharnaüm de sons stridents et de lumières tragiques dans un univers poisseux et glauque.

Entre sa sécurité et l'argent, il décida d'agir.

Il disparut de nouveau.

Un temps de silence. Puis un vacarme. Elle crut comprendre. Un corps s'écroulait dans le vacarme de la vaisselle cassée.

Le « Boucher » ?

Cela n'en finirait jamais.

Aucune issue, pas d'échappatoire, comme si par son sexe, tout n'était qu'un labyrinthe infernal où jamais elle ne saurait trouver la sortie. Une malchance insondable qui jamais ne la laisserait en paix.

– Key ?

Cette voix… Un peu d'espoir dans son âme fripée.

Soudain, Vic apparut. Sa jolie frimousse d'adolescente, vieillie trop tôt par son ambition démesurée de petite starlette sans talent, frémissait, tremblait, s'étirait de sourires nerveux, incoercibles.

Les deux filles s'enlacèrent très fort, restèrent longtemps l'une contre l'autre. Key, si robuste d'ordinaire, laissait couler ses larmes.

Elle n'arrivait pas à se convaincre que tout était terminé.

– *Tout ? Pas si sûr.*

– Oh, si tu savais… Tu m'as sauvé la vie, s'exclama l'Africaine, la voix brisée.

– Plus tard, il faut partir.

– Tu as raison. L'argent est à côté.

Dans la cuisine, gisaient le cadavre de l'aubergiste et plus loin, près de la porte, celui de Monzato, le crâne défoncé par un objet contondant. Vic eut un sourire gêné.

– J'ai pris ce que j'ai trouvé.

Elle montra une pioche, tombée à terre.

Key ne posa pas de questions. Ce serait pour plus tard. Inutile de savoir pour le moment quels avaient été les efforts faits pour se retrouver.

Elle ramassa son manteau.

– J'ai tout. Et toi ?

Vic se serra frileusement dans les longs pans de son habit.

– La lutte a été dure, mais tout y est.

Toutes deux savaient que la liberté valait bien plus que tous les billets usagés laissés par des clients sur les ventres des filles. Toutefois, cette somme faramineuse serait l'atout supplémentaire à leur fuite, une sorte de bonne carte indispensable dans une aventure largement périlleuse.

Elles sortirent par la porte du fond, celle que voulait prendre Monzato pour fuir. Elles contournèrent la façade et tombèrent sur le vieux break fatigué.

– La tire, je l'ai piquée à un type qui la rentrait dans son garage. Et Max ?

– Il est dans de sales draps et je m'en fous. Tu te rends compte, ce con a prévenu le « Boucher », oui, César. Et lui, il m'a reconnu évidemment. J'ai de la chance s'ils ne m'ont pas embarquée avec eux. Tu es arrivée juste à temps.

– Par hasard, Key. J'ai vu le « Rendez-vous des amis », sur la route, comme tu m'avais indiquée. Tout était fermé. Il y a eu les coups de feu. J'ai compris que tu étais en danger. J'ai tapé à tout hasard contre le volet. Il y avait cet outil qui traînait à terre. Je l'ai ramassé et j'ai fait le tour. J'ai attendu que la porte s'ouvre. Cela aurait pu être toi. J'ai tapé comme une dingue.

Quand j'ai reconnu Monzato, j'ai compris qu'un drame allait se nouer. Avec Monzato, il faut toujours s'attendre au pire.

– Allez, filons. On reprend possession de notre trésor de guerre et dans moins de douze heures, on est à Marseille.

– Tu oublies qu'on n'a pas de passeports. On est riche mais pas de papiers pour quitter le pays.

– Pourtant, c'est avec les papiers qu'on a dans ce sac qu'on pourra avoir ceux qui nous permettront de traverser la Méditerranée. Allez, zou, filons…

– Et la part de Max ?, s'écria Vic, enragée par les multiples coups du sort qui avaient égrené son évasion.

– Que veux-tu ? Tout ça fait partie des pertes et profits. Nos vies valent plus que tout l'argent du monde.

L'auto s'engagea sur la Départementale. Le moteur poussif tirait lentement les deux Amazones éreintées. Key conduisait fermement.

Un coup d'œil vers sa jeune amie lui fit comprendre dans quel état de fatigue elle se trouvait. Sa jolie tête blonde roulait sur le bord du siège dans une somnolence hagarde.

Key désira la rassurer en lui posant une main sur la sienne, lui faire comprendre que l'abominable venait de se clore dans cet épilogue. Mais distraite, elle donna un coup de volant sur la gauche. La voiture fit une légère embardée et faillit emboutir un 4 x4 venant dans l'autre sens.

Un long klaxon strident leur déchira les oreilles.

– Mais tu es folle, cria la jeune blonde, soudainement hystérique.

– Repose-toi. Je m'occupe de tout.

– C'est çà et moi, je m'occuperai du reste…

Elles échangèrent un sourire de connivence.

CHAPITRE 10

Sur le chemin du retour, l'ambiance dans le 4 x4 plombait tout espoir de s'en sortir vivant. Max épiait César, tel un enfant craignant une punition trop sévère.

Key… Vic… Les filles en kimono dans le bureau de Dédé… Leur fuite de la villa de Meudon… L'accident dans la forêt… Leur arrivée dans cette auberge perdue en Sologne…

Une certitude lui tenaillait la cervelle.

– J'aurai donc tout inventé ? ? ? Le château des Leskovac… Kovac… Kovaci… La chasse… Une chasse en Sologne… La demeure de César… Charlie en nuisette, ses cheveux acajou… La jeune domestique africaine… Le petit tablier blanc à même la peau… Une chasse au petit matin…

La petite voix dans sa tête s'était tue. La présence réelle de César Blackletter à ses côtés suffisait à faire taire les aléas de ses inventions malsaines.

Dans son esprit, plus rien que l'étrange sifflement d'une radio sans ondes.

Tout à coup, Charlie envoya le 4 x4 manger le bas-côté de la route dans un crissement de pneus.

– T'es dingue ! ! !, cria César, furibond.

– C'est pas moi, c'est l'autre, là, le break pourri. Il a failli m'emboutir, le con. Doivent pas mal écluser dans le coin.

– Reste vigilante, si tu veux pas finir à la morgue…

– Ok, patron, moi, ce que j'en disais.

Le « Rendez-vous des Amis » apparut au détour d'un virage. Le coupé Mercedes de Monzato occupait une bonne largeur du parking.

Mais les protestations volubiles du chauffeur ne devinrent que murmures lorsqu'ils découvrirent l'aubergiste assassiné dans sa vaisselle brisée ; Théo, criblé de balles ; Tony, le crâne défoncé.

Plus de Key. Plus d'argent.

Rien.

Une désolation totale, agrémentée de questions en suspens. César réfléchissait à la façon dont il fallait prendre le problème quand Charlie s'écria, nerveuse :

– César, on a de la visite.

– Qui ?

– Les fachos.

Blackletter se renfrogna. Son visage avait viré à la couleur de cendre braisée. Tous ses nerfs palpitaient sous le cuir de sa peau. Il prit Max à part.

– Vraiment étranges les rencontres qu'on peut faire au petit matin en forêt de Sologne. Je me doutais que cette affaire sentait le vice mais à ce point, tu m'étonnes. Tu vas me le payer cher, Max, très cher.

– Je te jure, je comprends rien, je comprends rien, glapissait l'autre, les yeux mouillés. Il aurait sacrifié sa propre mère pour vivre un peu plus longtemps dans le bourbier de son ignorance.

Soudain, des hommes aguerris, tenues paramilitaires, treillis et Rangers, firent leur apparition, conduits par un homme plus âgé, les cheveux blanchis, l'allure martiale, l'uniforme bardé de médailles.

– Où est Pierrot ? Pierrot, le tenancier ?, tonna ce dernier, l'haleine avinée.

Max se doutait qu'outre les hommes, les armes allaient parler et que leur langage meurtrier ne serait pas un gage de longévité dans ce bas monde.

– Pierrot ? Connaît pas ! ! !, gronda César, jouant son va-tout contre un alcoolique notoire, à la réputation sulfureuse.

– Je suis le Marquis. Vous avez sans doute entendu parler de moi.

– Seulement des rumeurs, quoique je doute que votre équipe soit à la hauteur de votre réputation.

Max fusilla César du regard. Il était fou de provoquer une telle armada.

Le ton montait par petits crans, allusions narquoises et réparties cinglantes. Max réussit par sa pondération à s'éclipser, à se fondre avec le décor.

À peine avait-il franchi la porte qu'une fusillade retentissait dans son dos.

Il se retourna, hésita puis se mit à courir à perdre haleine. Il franchissait les fossés, se jetait dans les ornières, glissait contre les feuilles mortes.

Tout cela lui rappelait quelque chose, une sorte de prescience ou un cauchemar fait, des rêveries insondables. Une chasse. Une chasse à l'homme. Poursuivi par des loups.

Il s'étranglait d'un rire horrible, sa vision barbouillée de larmes.

Comme lui, César avait réussi à fuir dans la mêlée d'une bousculade.

En voulant le protéger, Charlie avait péri sous les balles d'une vieille carabine, extirpée du dessous du bar. Il ne tirait qu'un vague regret pour une maîtresse qui elle-même avait su s'accoquiner avec le diable pour mieux s'assurer un train de vie conséquent.

Toute sa vie, César Blackletter avait su utiliser les uns et les autres à son seul profit, n'en tirant que le contentement jouissif de la manipulation, tirant son épingle du jeu lorsque le sort en décidait ainsi, remisant à plus tard les états d'âme et laissant les atermoiements aux plus faibles.

Il aperçut le sujet préféré de ses expériences nauséeuses, détalant comme un lièvre dans la forêt.

– Reviens, Max, on a encore beaucoup de choses à faire ensemble, cria-t-il, ses jambes le trahissant, l'abus de bonne chair ne pardonnant pas ce gras épicurien.

Verducci craignait une punition exemplaire et n'arrêtait en rien sa course effrénée.

– Non, pas par là, souffla César, en reconnaissant la rousseur des taillis et les deux arbres entrelacés, formant de splendides fourches caudines qu'il ne faisait pas bon de franchir.

Chasseur émérite, l'homme n'ignorait rien de la forêt et comprit que Max se dirigeait droit vers un ancien marécage, partiellement asséché mais dont les buissons dissimulaient une terre meuble et traîtresse.

– Rabats-toi sur la droite. Max, entends-tu ? ? ?

Poussé par une peur incontrôlable, l'ancien homme de main n'écoutait que son mauvais sens, cet élan inconsidéré du vice qui le portait généralement aux retranchements extrêmes. Les feuillus le giflaient dans la souplesse de leurs branches. Il ne pouvait imaginer dans son cerveau obtus et froid qu'elles pouvaient être, au moins cette fois, au moins une seule fois, les mains de toutes les victimes qu'il avait si durement soumises à la loi de « l'Albanais ».

Lorsque César arriva sur les lieux du drame, il était déjà trop tard.

Les pieds puis les jambes prises dans une tourbière puante infestée de moustiques, il s'enfonçait, hurlait, appelait à l'aide. César ne voulait pas perdre pied et cherchait en vain une branche qu'il arracherait pour la tendre aux mains impatientes.

– Aide-moi, César, aide-moi ! ! !

– Retire ta veste et lance-moi un bout. Allez, que risques-tu ?

Des lueurs embrasèrent le regard délavé de Max sous ses lunettes épaisses.

Sa veste au précieux contenu ? Non, jamais.

Il voulait vivre, vivre, continuer sa vie, oui, mais pas à ce prix. Pour rien au monde, il n'aurait ôté de lui la raison même de sa trahison. Quelque chose d'indéfinissable le lui refusait, bien plus que l'avarice, une somme de contrariétés et d'humiliations dont peu pouvait deviner l'importance chez un être faible et imbécile.

Il vociférait, agitait des bras, ne se rendait pas compte à quel point son agitation avançait l'heure de l'étouffement fatal pendant que son unique allié le suppliait d'obtempérer.

Max coula à pic.

Un silence pesa sur les épaules du survivant.

Blackletter se sentit envahi d'un grand vide, meurtri de cette absence. Pourtant, il n'en tirait aucun chagrin. Rien de plus que la perte d'un objet remplaçable mais auquel il avait tenu pour simple raison professionnelle. Un objet d'expérience inédit.

César erra longtemps à travers la forêt, cherchant la route qui sillonnait la région et bordait sa propriété. Il savait qu'il y trouverait sa chère Dakaroise de vingt ans, pêchée dans un restaurant à poissons de Saint-Louis et ses consoeurs eurasiennes, marocaines et portugaises, pour se remettre de ses émotions. Il ne lui en fallait pas plus pour envisager l'avenir le plus cyniquement possible.

Il dénicha un petit chemin qui le porta jusqu'à la route et fit quelques pas au milieu de la chaussée.

Il entendit le break, venant à toute allure sur sa gauche. Il releva la tête. La vitesse de l'auto, l'asphalte trempé par les averses précédentes, l'identité de la conductrice. Il comprit qu'il n'avait aucune chance d'y échapper.

Le long crissement de pneus et cette masse percutant le corps laissa un long son étrange et lugubre.

Key freina après le choc. Les mains serrées contre le volant, elle tremblait de tous ses membres. La vision du loden projeté contre le pare-brise l'aveuglait encore. Elle eut soudainement froid.

– C'était le « Boucher », c'est ça ?

Elles l'avaient reconnu toutes les deux. Pas de doute à avoir.

Le Boucher, l'ordonnateur de leurs avortements passés, le pourvoyeur de drogues, le chirurgien honni du milieu médical, escroc, corrupteur, assassin. Mort. Elles l'espéraient avec tant de hargne qu'elles se promettaient de le finir avec l'aiguille de leurs talons si le monstre en réchappait.

Key regarda Vic qui ne se sentait pas capable de sortir de la voiture. La Noire descendit dans le froid du petit matin. Pas d'autos en vue. Le silence le plus total régnait sur la forêt. Le capot de la voiture fumait. À ses pieds, bras désarticulés, torse défoncé, s'étalait le phénomène qui les avait si salement charcutées.

Un frisson de dégoût la parcourut de part en part.

Elle entrevit son amie à travers le pare-brise.

– Partons avant que quelqu'un n'arrive, cria-t-elle.

Key s'accroupit. Quelque chose la retenait près de ce corps inerte. Sans doute, la clairvoyance de son avenir, encore instable.

Lentement, elle osa saisir le loden et renversa Blackletter sur le dos. Elle eut un recul. La tête défoncée n'offrait aucun espoir à une survie éventuelle.

– Qu'est-ce que tu fous ? , s'écria la jeune blonde, partagée entre la satisfaction de savoir César hors d'état de nuire et l'envie impérieuse de quitter la région.

Key fouilla proprement le manteau et la veste, y trouva un mobile allumé, un portefeuille garni et un agenda griffonné de noms et de numéros de téléphone.

Le destin ne les abandonnait pas. Grâce à ce coup du sort, les innombrables contacts du « Boucher » les aideraient à quitter le pays. Riches ou non, elles n'étaient rien sans des gens bien intentionnés, prêts à monnayer leurs services contre des faux visas et des passeports rutilants.

Revenue dans le break, Key démarra l'antique diesel.

Elle recula, contourna tranquillement le cadavre, laissant à Vic le soin de laisser un copieux crachat sur la masse inerte.

Épilogue

– Je ne voulais pas finir comme les malinois de mon enfance. La tête fracassée contre un mur ou croquée dans la gueule du chat.

Le léger tangage du paquebot sur la Méditerranée berçait les filles, réfugiées dans leur cabine à l'abri des regards des passagers, ces mêmes regards qui leur brûlaient la peau et leur déchiraient le coeur.

D'une radio disposée près de la tête de lit, la voix brisée de Chet Baker chantait « I remember you ».

Après une nuit d'attente à Marseille dans une boîte homo sur la Corniche, tenue par une ancienne cantinière au verbe haut, à s'enfiler des Vodkas Martini jusqu'à la nausée dans les mélodies d'un jazz sirupeux, à sursauter quand les portes s'ouvraient, dans la crainte de voir débarquer les sbires de l'Albanais, elles avaient enfin obtenu les faux passeports et la certitude de quitter le territoire sans être inquiétées.

Elles avaient choisi le chemin le plus long, par les mers.

Comme si par cette transition, elles cherchaient à se débarrasser des oripeaux funestes d'une vie en désolation. De tout ce qui empêtrait leurs raisonnements, torturait leurs nuits, les rendaient folles.

Il leur faudrait du temps… Beaucoup de temps pour amorcer un tant soit peu le retour à la normalité, voir les hommes autres que comme des prédateurs machistes, des brutes incapables de faire le bien, tout juste bons à se masturber dans leur vagin ; le sexe, comme de vulgaires étreintes monnayables ; l'amour, comme une utopie.

Blessées à vie, meurtries au tréfonds de leur âme, dans la souffrance de leurs chairs, jamais, elles ne pourraient oublier l'infamie. Elles ne pouvaient compter que sur leur vitalité et l'espoir ténu de refaire une autre existence ailleurs.

Les appels de Key à Dakar n'avaient pas été infructueux. Après son enlèvement, son père avait été gravement malade et les affaires en avaient pâti. La ruine d'une puissance famille africaine menaçait.

Après un séjour en prison pour escroquerie et tentative de viol, son frère Abdullah avait su saisir sa reconversion et officiait depuis deux ans dans une secte rigoriste, prônant une lecture littérale de la Bible. Ex pécheur, converti à une vertu édifiante, fuyant les femmes et le vice, il avait cette outrageante hypocrisie des nouveaux « Saints Hommes » ayant goûté le tumulte dans passé et dont la mémoire trop courte exploitait à mauvais escient un mode de vie exemplaire.

Cinq ans avaient filé. Cinq longues années.

La fille prodigue ne serait pas la bienvenue dans le nouveau monde, bâti en son absence. Un univers où l'on ne pardonnerait pas ses errances de prostituée au long cours.

– Veux-tu venir avec moi ?, avait-elle demandé à Vic.

– N'y a-t-il pas de trafiquants en Afrique ?

– Comme partout ailleurs. Ni plus ni moins, là où il y a de la misère… Les îles Canaries sont toutes proches. Grâce à l'argent, on y élèvera des malinois et aucun, je te le promets, aucun d'eux ne cherchera à fuir.

Cette vision paisible de l'avenir apaisait la blondinette, préoccupée par un éventuel retour en Moldavie. Son père l'ayant vendue à un souteneur, que pouvait-elle attendre d'un géniteur à l'affût du moindre rendement.

Le tourbillon des choses avait été tel qu'aucun autre sursis ne se présentait à Vic, autre qu'un perpétuel exil.

Toutes deux seraient rejetées par leurs familles respectives. Toutes deux traîneraient le poids de la salissure. Poussées de force dans un monde cruel où l'exploitation de l'être humain générait de fabuleux profits, - sept milliards de dollars par an-, devenues « pleines de vice » selon une détestable terminologie, et indésirables par la poids des mentalités, elles n'auraient ni la consolation d'un retour au pays et encore moins, le réconfort de la société.

Double déchirement de leurs âmes pour des êtres détruits.

– Je ne voulais pas finir comme eux, répétait la voix fragile de Vic.

– En somme, c'est un peu leur revanche, la revanche des malinois, conclut Key, soudainement sereine.

Une pensée venait de lui traverser l'esprit.

Une certitude, aussi.

Rien ne pouvait plus les arrêter dans leur élan de liberté et de renouveau.

Rien. Ni personne.

FIN

Bibliographie

Sur le trafic des êtres humains :

CHAMBARD (ROGER), « Balkans, le scandale des êtres humains », L'Humanité, 27 décembre 2002.

BROIZAT (FLORENCE), « Les trottoirs de l'Europe », Télérama, 22 mars 2006.

Sur Brcko, le plus grand centre de contrebande de Bosnie-Herzégovine :

LONCLE (FRANCOIS), « L'Europe de l'Ouest, proxénète des femmes de l'Est », Le Monde Diplomatique, novembre 2001.

Sur le trafic humain en Moldavie :

GUSTAVE (ANNE-MARIE), « Le combat de Tatiana », Télérama, 2 mars 2005.

Sur le trafic humain en Afrique :

S. KOUAME (YOLANDE), « Economie parallèle : le trafic de sang et d'organes humains endeuille l'Afrique », www.rfi.fr, 18 juillet 2002.

Sur la mafia albanaise :

ROUSTEL (Damien), « Une Colombie au cœur de l'Europe », L'Humanité, 9 septembre 2000.

FURET (FRANCK), « La mafia albanaise, 1ère partie », Banc Public n° 130, mai 2004.

Sur la langue russe :

« Le russe tel qu'on le parle », www. russki-mat. net, 2006.

Sur la Sologne :

LORRAIN (FRANCOIS-GUILLAUME), « Les feux follets de la Sologne », Le Point, 2 mai 2003.

Sur les mystères de la Sologne :

« L'eau, miroir aux mille symboles », Conseil Général du Loiret, www.loiret.com, 18 septembre 2005.

Sur la chasse et ses pratiques :

« La Chasse », décembre 2000.

Sur les interactions entre le Viagra et les poppers :

« Viagra : des nouvelles données confirment l'interaction avec les antiprotéases », Actions Traitement, IT N°106, novembre 2002.

Sur la schizophrénie :

DUPUY (Corinne), « La schizophrénie, une pathologie aussi fréquente que mal connue », Fondation Pour la Recherche Médicale, mars 2002.